Christian Heinrich Spiess

Die drei Töchter

Lustspiel in 3 Aufzügen

Christian Heinrich Spiess

Die drei Töchter
Lustspiel in 3 Aufzügen

ISBN/EAN: 9783743481978

Hergestellt in Europa, USA, Kanada, Australien, Japan

Cover: Foto ©Andreas Hilbeck / pixelio.de

Manufactured and distributed by brebook publishing software (www.brebook.com)

Christian Heinrich Spiess

Die drei Töchter

Personen.

Baron Waldsee.
Henriette,
Julie } seine Tochter.
Charlotte
Lord Greenwich.
General Mühlben.
Friz, sein Sohn.
Marquis von Falaise.
Meidner, Kammerdiener des Baron.
Philipp, Bedienter des Baron.
Bediente.

Erster Aufzug.

Erster Auftritt.

Baron Waldsee. (allein, geht unruhig auf und ab.)

War das nicht ein Seufzen, ein Sehnen, bis ich eine Frau, ein Kind bekam, und nun habe ich eine Frau bekommen, habe Kinder, und bin der geplagteste, der gequälteste Mann auf Gottes Erdbooden. Mußte mich drehen und wenden, um der theuern Ehegehülfin ihre Eitelkeiten zu befriedigen; mußte Schulden machen, und ihren Aufwand, ihre Assembleen, Spiele und Bälle zu bestreiten, und was habe ich davon? Nichts, als daß Sie mir drey Töchter hinterließ, die mir meine alten Tage nun auch verbittern wollen. Wenn ich nur zu einer von diesen Töchtern sagen könnte: du bist der Trost, die Stütze meines Alters, so wollte ich schweigen, nicht murren, aber so, so — O! wenn du recht hast, wenn deine Muthmaßungen wahr sind, guter Meidner, so bin ich ein unglücklicher Vater! doch ich will, kann's noch nicht glauben! Und wenn auch die Hälfte der

Bluts von meinem leichtsinnigen Weibe in ihren Adern rollt, so wird doch die Hälfte des meinigen, für dessen Güte ich Bürge bin, sie zurück halten, Dinge zu begehen, die ich von ihnen nicht denken kan. (läuft auf und ab) Nur ruhig! Alter, ruhig! dein Klagen wird die Sache doch nicht ändern! Ah! er ist da!

Zweyter Auftritt.
Baron Waldsee, Meidner.

Baron. Wie ists? Bringt er Beweise?

Meidner. Ja! ich habe die Ehre. Da! Ihro Gnaden, da! (giebt ihm ein Billet.)

Baron. Was ist das? was soll das?

Meidner. Haben Ihro Gnaden nur die Ehre zu lesen.

Baron. (liest die Aufschrift.) A Mademoiselle la Baronne Henriette de Waldsée. Was soll ich denn mit diesem Billet machen? Soll ich es meiner Tochter übergeben?

Meidner. Verstehen mich Ewr. Gnaden nicht, oder wollen Sie nicht die Ehre haben mich zu verstehen?

Baron. So rede er gerade heraus, wenn ich ihn verstehen soll.

Meidner. Ich hatte die Ehre Ewr. Freyherrlichen Gnaden vorgestern meine Bemerkungen in Ansehung der gnädigen Fräuleins mitzutheilen. Ihro Gnaden wollten meiner demüthigen Muthmassung keinen Glauben beymessen und foderten Beweise. Ich hatte die hohe Gnade sie Ewr. Gnaden gestern Abends neuerdings zu versprechen, und habe nunmehro die
Gnade

Gnade gehabt, einen davon Ewr. Gnaden zu übergeben.

Baron. Nur weiter! denn aus dem allen kann ich nicht klug werden.

Meidner. Wenn Ewr. Gnaden nur die Ehre haben wollen mir zuzuhören, so werde ich auch die Ehre haben, verstanden zu werden. Dies Billet ist von dem Liebhaber der Fräulein Henriette, und ich habe die Ehre gehabt, es aufzufangen.

Baron. Wie? meine Töchter, sollten wirklich mit Mannspersonen geheime Korrespondenz führen? — sollten ihren alten Vater betrügen? Meidner das kann nicht seyn!

Meidner. Die Jugend, Ihro hochfreyherrliche Gnaden, die Jugend machts nicht anders, ich habe die Ehre gehabt, an meiner Tochter ein gleiches, und hernach noch was ärgers zu erleben, und habe also die Ehre, aus Erfahrung zu sprechen.

Baron. Aber wie ist er denn zu diesem Billet gekommen?

Meidner. Gleich werde ich die Ehre haben, es Ewr. Gnaden zu erzählen. Wenn ich dann und wann einige Geschäfte beym Frauenzimmer hatte, so erblickte ich immer einige fremde Bediente; dies hatte die Ehre, mich aufmerksam zu machen, ich sahe ferners, daß die Bedienten denen Kammermädchens etwas heimliches zusteckten, und ich hatte die Ehre Ewr. Gnaden davon zu benachrichtigen.

Baron. Das weiß ich schon alles! aber wie ist dies Billet in seine Hände gekommen?

Meidner. Gleich! gleich! werde ich die Ehre haben, zu erzählen. Ich habe mit allen Ehren zu reden, dem Bedienten aufgepaßt; er wollte grade zum

Kammermädchen, aber ich, ha! ha! ha! hatte die Ehre, ihm weis zu machen, der Papa wäre im Vorzimmer und das Kammermädchen hätte mich hieher gestellt um ihm die Post abzunehmen. Der dumme Tölpel! ha! ha, erwies mir die Ehre, und glaubte meinen Worten und so hatte ich die Ehre dieses Billet zu erhaschen. Muß aber gleich wieder auf meinen Posten eilen, denn ich hoffe ganz gewiß, die Ehre zu haben, die andern Gimpels auch zu fangen!

(er geht eilends ab.)

Dritter Auftritt.

Baron Waldsee. (allein.)

Jetzt versteh ich's! o! o! nur allzuwohl versteh ichs! Muß doch sehen, wer der Bösewicht ist, der mir meine Tochter verführen will, denn wäre er ein würdiger Mann, so würde er nicht den Vater vorbey gehen, und sich auf Nebenwegen ertappen lassen. (bricht das Billet auf und liest, unterwährendem Lesen schüttelt er öfters den Kopf.) Lord Greenwich? Greenwich? doch wohl nicht gar der reiche schöne Lord? der edelste, rechtschaffenste Mann, den ich je gesehen habe! Sieh! sieh! das wäre eine Parthie, um die mich Fürsten beneiden würden, aber eben deswegen, weil er so schön, so entsetzlich reich ist, keine Parthie für eine arme Baronesse; wird sie nie heirathen; das arme Mädchen verführen, betrügen wollen, dann nach Hause reisen, und die Betrogene verlachen, da muß ich vorkommen, muß den Roman enden, ehe er sich selbst entwickelt. (läutet, ein Bedienter kommt) Fräulein Henriette

soll

soll den Augenblick zu mir kommen. (ruft ihm nach) Aber ja den Augenblick. (der Bediente geht ab.) Jetzt, Alter, ein wenig Ueberlegung! soll ich grade mit der Thüre ins Haus fallen oder durch einen Umschweif ihr das Geheimniß ablocken? und wenn sie läugnet, mit dem Corpus delicti hervorkommen? hm! hm! Ja! Ja! an einem langsamen Feuer will ich sie braten und sie selbst soll das Urtheil über ihre Thorheiten sprechen. (steckt das Billet ein.)

Vierter Auftritt.

Der Baron, Henriette.

Henriette. (im Negligee) Guten Morgen gnädiger Papa! ich bitte um Vergebung, daß ich im Negligee erscheine; denn ich —

Baron. Mach du keine Komplimente mit deinem alten Vater. Im Negligee oder im Staat, das gilt mir gleich viel — Henriette! du bist die älteste von meinen Töchtern, hast dich stets unsres alten Adels würdig aufgeführt, ich wills also kurz machen: ich habe deines Raths und Beystands in einer weiblichen Affaire nöthig!

Henriette. Wenn ichs vermögend bin, von Herzen gerne; aber der gnädige Papa scherzen; denn wie könnte ich da Rath ertheilen, wo sie keinen wissen.

Baron. Ich habe dirs ja schon gesagt, daß es eine weibliche Affaire ist, und in dieser muß wieder ein Weib urtheilen, wenn's recht und billig, seyn soll. Männer haben andere Empfindungen, wie die Weiber, und da es auf eine solche Empfindung hinausläuft, so kann auch nur ein Weib Recht sprechen.

Sutor non ultra crepidam, denke ich in dergleichen Fällen. Doch zur Sache: Warest du schon lange nicht bey meiner Mündel der Baronin von Lorenberg?

Henriette. Schon ganzer vierzehn Tage nicht, doch habe ich sie täglich in der Gesellschaft gesehen.

Baron. Und gesprochen?

Henriette. Dann und wann, wenn's die Gelegenheit gab.

Baron. Ey, ey, Fräulein Tochter, ich bin übel mit dir zufrieden! Hab' ich dir die Baronin, als ich meine Vormundschaft über sie antrat, nicht aufgeführt? Hab' ich dir nicht gesagt: sey du ihre Mutter, beobachte ihre Aufführung und gieb mir von allem Nachricht? Eine schlechte Entschuldigung, meine Tochter, eine sehr schlechte! In honnette Gesellschaft zu gehen, hab' ich dir und deinen Schwestern nie verwehrt, aber auch nur die geringste deiner Pflichten dabey zu vernachlässigen, streng verbothen; und mein Verboth weißt du, übertritt man nie ungestraft; du wirst also künftig in keine Gesellschaft mehr gehen.

Henriette. Gnädiger Papa!

Baron. Gnädige Fräulein Tochter, widersprechen Sie mir nicht! du weißt, daß ich nichts ohne gegründete Ursachen thue und also: Amen. Und wieder zurück zu meiner Mündel. Weißt du wohl, daß sich das junge unverständige Ding in ein Liebesverständniß eingelassen hat?

Henriette. Das wäre! (erschrocken.)

Baron. Und daß du durch deine Nachlässigkeit sie dazu verleitet hast?

Henriette. O nein, gnädiger Papa! Ein verliebtes Mädgen zu hüten, ist unmöglich, und wäre

ich

ich auch zehnmal des Tages hingefahren, so würde ich's doch nicht haben verhindern können.

Baron. Da hast du recht, Henriette; denn ich habe mir's von andern Vätern erzählen lassen, daß es unmöglich seye die List, Ränke und Schliche einer Verliebten auszuspähen; alle Sorgfalt, alles Einsperren sey umsonst! Hab's bis jetzt immer noch nicht geglaubt, weil ihr meine Töchter, der Sage durch eure sittsame und anständige Aufführung widersprecht; aber da du's auch bekräftigst, so muß es doch wahr seyn. Ich bitte euch also sammt und sonders, nicht verliebt zu werden, denn ich würde, wenn mir eure Wahl nicht anstände, dennoch Mittel finden, die Sache zu verhindern.

Henriette. Wie können sie das von uns denken, liebster Papa?

Baron. Denken, meine Tochter, denken läßt sich allerhand, denn Gedanken sind zollfrey, aber glauben will ich es nicht. Doch ich komme immer wieder von meiner Mündel ab, und das Ding könnte am Ende aussehen, als ob ich nur die Mündel neante und eine andere meynte.

Henriette. Wer weiß aber auch, bester Papa, ob ihr Mündel so schuldig ist, als man glaubt?

Baron. Gewiß ist sie's, nur zu gewiß! Ich urtheile nie nach dem Schein, ich muß Beweise haben, muß meiner Sache gewiß seyn, ehe ich was glauben soll. Ich habe also Beweise, sichere Beweise, daß meine Mündel mit einem Menschen korrespondirt, der sich gar nicht für sie schickt und der sie vielleicht nie heirathen wird. Sie ist also doppelt strafbar; erstens, weil sie einem Manne Freyheiten erlaubt, die ihr nicht zustehen, und daß sie zweytens einen Vormund hintergeht, der ihr statt Vater ist oder wenigstens seyn soll. Pfuy, das ist abscheulich!

Henriette. Ja wohl! ists nicht schön.

Baron. Was nicht schön? nur nicht schön? Häßlich, abscheulich ist es.

Henriette. (ängstlich) Er spricht mein eigen Urtheil!

Baron. Wäre sie meine Tochter! wär ich ihr Vater —

Henriette. Was würden Sie dann thun?

Baron. Einsperren würd ich sie, fortschicken aufs Land oder in ein Kloster! —

Henriette. O weh! o weh!

Baron. Thörinn! was gehts dich an? du brauchst dich nicht zu fürchten. Worst ja letzthin mit im Hamlet; der sagte: Laß den kratzen, dem's juckt, wir, die wir eine heile Haut haben, können ruhig dabey seyn. Du wirst also der Baronesse ankündigen, den ich mag sie nicht mehr vor meinen Augen sehen, wirsts ihr sagen, daß ich sie Morgen in ein Kloster schicke, und daß sie dort so lange bleiben muß, bis sich eine anständige Parthie für sie findet (ziebt ein Billet heraus) da hab ich einen Brief von ihrem Liebhaber an sie aufgefangen; habe den Wisch vor Aergerniß noch nicht einmal gelesen; lies mir ihn doch vor.

Henriette Gleich, lieber Papa, gleich. (für sich) Noch heute brech' ich die Korrespondenz mit dem Lord ab; ich wäre des Todes, wenn mein Vater was davon erführe.

Baron. (Hat das Billet entfaltet und reicht ihr solches) Da! lies geschwind!

Henriet=

Henriette. (erschrickt beym Anblick des Billets, liest zitternd) „Miß "

Baron. Nicht wahr? was das schon vor ein alberner Titel ist! Aber nur weiter!

Henriette. (liest) „Mein ganzes Vermögen „würde ich darum geben, wenn ich die deutsche „Sprache in ganzer Gewalt hätte" (für sich) Es ist seine Hand! „Aber so mangeln mir die „Worte, die Grösse meiner Leidenschaft auszudrücken; „ich liebe Sie, Schönste, vom ganzen Herzen! (für sich) O der Treulose! der Schändliche! (liest äußerst verwirrt) „Ich hoffe Sie zu sehen heute „bey der Mylady Lodenburg und ein einziger Blick „wird ihnen mehr sagen, als tausend Worte. Ich „bin ihr getreuer Lord Greenwich. „ (für sich) Ah, mich so zu hintergehen! Mich so herabzuwürdigen. Aber ich will ihm zuvor kommen, ich will — (laut) Mein Vater! erlauben Sie mir einen Augenblick —

Baron. Wo willst du hin?

Henriette. Zu Ihr! zu der Schändlichen! der Betrügerinn!

Baron. Aber was willst du denn bey ihr machen?

Henriette. Ich will ihr alles sagen, was eine solche Aufführung verdient. Die Schändliche, sie macht Ihnen und uns allen Schande, und was sich das junge nasenweise Ding nur einbildet? Ein so reicher Lord wird sie heirathen! ha! ha!

Baron. Das sag ich auch.

Henriette. Ein flüchtiger Gedanke von seiner Seite; sonst nichts!

Baron. Meine völlige Meinung!

Henriet-

Henriette. Denn der Lord ist ein Nichtswürdiger!

Baron. Woher weißt du denn das?

Henriette. Er hat schon mehrere Mädgens betrogen!

Baron. Wer hat dir denn das gesagt?

Henrittte. Ich habs gehört, ich habs —

Baron. Doch nicht etwan selbst erfahren?

Henriette. O behüte der Himmel! (für sich) Wenn ich nur fort, nur ihm alles schreiben könnte, was mir meine Eifersucht eingiebt! Mir die Baronesse Lorenberg vorzuziehen! Gut! gut! daß ich so dahinter komme!

Baron. (für sich) Meine Medicin würkt (laut) Du sprichst ja ordentlich mit dir selbst. Nicht wahr, es ist dir unbegreiflich, wie ein wohlerzognes Frauenzimmer sich so weit vergehen kann?

Henriette. Freylich! es ist unerhört! unglaublich!

Baron. Nicht zu verantworten!

Henriette. Das hätte ich nicht in ihr gesucht!

Baron. Ich auch nicht, ich auch nicht!

Henriette. Hät's nie von ihr geglaubt!

Baron. (für sich) Nur zu! nur zu!

Henriette. Er wird sie hintergehen, betrügen, und ich werde dazu lachen.

Baron. Ach! das mußt du nicht thun; denn wer über die Fehler seines Nächsten lacht, der verräth ein böses Herz. Geh zu ihr hin, ermahne sie, stell' ihr die Sache ins rechte Licht, und — Aber, sage mir nur, Henriette, was ich mit dem Mädgen anfangen soll?

Henriette. In ein Kloſter, lieber Papa, in ein Kloſter! und den Lord, den verweiſen ſie aus der Stadt.

Baron. Alſo! mit dem Mädgen ins Kloſter?

Henriette. Ja, lieber Papa, ja! damit ſie ihn vergißt, denn glauben ſie mir, der Lord wird ſie nicht heurathen und kann ſie nicht heurathen.

Baron. Da haſt du recht! — Aber Henriette, lies einmal die Aufſchrift von dem Billet; die wird dir noch wunderlicher vorkommen.

Henriette. Ach! ich habe mir ſchon genug geleſen! Was wirds anders ſeyn, als verliebte Narretheyen, und die haß' ich bis in den Tod.

Baron. Ich auch, meine Tochter, ich auch! Aber lies doch und wärs auch nur darum, um dich von dem Frevel des Mannes ganz zu überzeugen. (er wendet das Billet um) Da lies!

Henriette. (lieſt geſchwind) A Mademoiſelle, Mademoiselle la Baronne (langſam) Hen — rie — Henriette — de — de — de —

Baron. Was? was? Meine Mündel heißt ja Sophie! du wirſt dich irren!

Henriette. Er wird ſich verſchrieben haben, oder — oder — Ja! ja! es heißt Sophie! Baronne Sophie! ja! ja!

Baron. So wohl! nur weiter!

Henriette. Weiter! Baronne Sophie de — de — de —

Baron. Hat er ſich wieder verſchrieben?

Henriette. De — de — (geſchwind) Lorenberg!

Baron. (ernſthaft) Henriette!

Henriette. (ängstlich) de Lorenberg! Ja! Lieber Papa! (für sich) Gott im Himmel, erbarme dich meiner!

Baron. (ernsthaft) Henriette! Henriette!

Henriette. Nein! nein! mein bester, gütigster, liebster Vater! (sie wirft sich zu seinen Füssen.)

Baron. Was soll denn das? Was fällt dir denn ein?

Henriette. Es heißt Henriette de Waldsee.

Baron. Ach! geh weg! da wäre der Brief ja wohl gar an dich?

Henriette. Ja! ja! an mich! Ich will alles gestehen, nur ihre Vergebung, mein Vater, nur ihre Vergebung; ich habe sehr gefehlt! aber liebster, theuerster Papa, nur ihre Vergebung!

Baron. Die sey dir gewährt, meine Tochter, von ganzem Herzen gewährt.

Henriette. O lieber Papa, Verzeihung!

Baron. Die hast du, und zugleich mit ihr auch noch dazu drey Stunden Bedenkzeit: welches Kloster du dir zu deinem künftigen Aufenthalte wählen willst.

Henriette. Papa! Theurester, liebster, einziger, großmüthiger Papa!

Baron. Wer andern eine Grube gräbt, fällt selbst darein, dies Sprüchwort ist immer wahr worden, und soll auch heute seine Kraft nicht verlieren. Nicht wahr! für deine Freundin hattest du kein Mitleiden? Sie sollte fort, sie sollte ins Kloster, dies war dein eigner Rath, und nun werde' ich ihn auch mit aller Strenge an dir vollziehen. Du bist die Aelteste, dir waren deine Schwestern untergeben, du solltest

test ihre Mutter seyn; sie haben deinem Exempel gefolgt, haben sich auch Liebhaber ausgesucht, und das alles deswegen, weil du ihnen mit einem so schönen Beyspiele vorgegangen bist.

Henriette. O Papa, wenn Sie je geliebt haben, so erbarmen sie sich meiner.

Baron. So wie du dich meiner Mündel erbarmt hast. Pfui, schäme dich! hat dir dein Vater je einen Wunsch versagt? wie oft ist er nicht ihm zuvor gekommen! wie oft hab' ich dir's erlaubt, dir unter allen jungen Männern unsrer Stadt einen auszusuchen.

Henriette. Nun, bester Papa, ich habe mir ja den Lord ausgesucht.

Baron. Aber hab' ich dir dabey nicht streng verbothen, dich mit keinem einzulassen; dich nicht mit einer Miene zu verrathen, sondern mir deine Leidenschaft zu entdecken, und wenn ich sie billig finde, mir die ganze Sache zu überlassen? Aber wem nicht zu rathen ist, dem ist auch nicht zu helfen; du hast es selbst so wollen und also ist alles Bitten vergebens. Da, geh unterdessen ins Kabinet, bis ich deine andern Schwestern verhört habe, dann wirst du dich reisefertig machen.

Henriette. Liebster Papa, reden Sie wenigstens mit dem Lord, hören Sie seine Gesinnungen, und wenn sie nicht ganz rein, ganz ohne falsch sind, so will ich die härteste Strafe leiden, die einer ungehorsamen Tochter zukommt.

Baron. Hat dir der Lord je etwas vom Heurathen gesagt?

Henriette. Ja, liebster Papa, er will, er wird
mich

mich heurathen, er hat mirs versprochen, er will mich mit nach England nehmen; will — —

Baron. Er wird nichts wollen und du wirst auch nichts wollen, und so ist die Historie am Ende. Jetzt troll dich. (Henriette steht unentschlossen) Gehorsam, Jungfer Tochter, Gehorsam, oder wir werden anders miteinander sprechen.

Henriette. Ich will Ihnen in allem folgen; ihre Winke sollen Befehle für mich seyn, nur haben Sie Mitleid mit meinem Herzen.

(Sie geht ins Kabinet ab.)

Fünfter Auftritt.
Baron Waldsee (allein)

Die arme Henriette! so schuldig sie ist, so hat sie doch mein ganzes Mitleiden, und Lord Greenwich wäre bey alledem kein so übler Schwiegersohn, ich werde ihn zu mir einladen, ich werde seine Gesinnungen hören und — Je nun, wer weiß was geschehen kann! Aber Strafe muß seyn, und unterdessen, daß ich die Sache untersuche, soll sie wenigstens die Furcht ängstigen. Wir Väter müssen immer zurück denken, müssen uns erinnern, wie's uns that, wenn der hartherzige Vater, uns von dem Mädchen unsres Herzens losriß, und sagte: du mußt jene heurathen, an der doch nicht der geringste Theil sympathesirte. Nun, wie gesagt, wollen sehen, was sich thun läßt.

Sech-

Sechster Auftritt.

Baron Waldsee, Meidner.

Baron. Nun, Meidner, nun?

Meidner. Richtig, Ewr. Gnaden, richtig! ich habe die Ehre —

Baron. Was? was?

Meidner. Ha! ha! ich habe die Ehre gehabt, die Füchse prächtig zu fangen.

Baron. O! so rede er ins Teufels Namen gerade heraus!

Meidner. Da! da! (giebt ihm zwey Billets) an Fräulein Julien, und an Fräulein Charlotten!

Baron. (erstaunend) An Charlotten auch?

Meidner. Ja, ja! Sie hat auch schon die Ehre den Herrn Papa zu betrügen.

Baron. Nun, so wollte ich — o Töchter, Töchter! ihr seyd die Quaal der Aeltern! — muß man sich nicht plagen, um sie groß zu ziehen, und wenn sie groß sind, fängt die ärgste und größte Plage an, um sie mit Ehren unter die Haube zu bringen! Julie! Julie! warst sonst immer so sittsam, so bescheiden, und darum mein liebstes Kind, hast mich aber auch betrogen, und bist keinen Heller mehr werth, als die andern? Meidner!

Meidner. Ich habe die Ehre —

Baron. Hohl er mir gleich Fräulein Julien her.

Meidner. Ewr. Freyherrlichen Gnaden haben die Ehre zu spaßen! he, he, he!

Baron. Vollzieh er meinen Befehl; ich denke an keinen Spas!

Meidner. Ich werde sogleich die Ehre haben; aber wenn mein Diebstahl der Billets etwan schon entdeckt ist, so werden unmaßgeblich die gnädigen Fräuleins mich schlecht zu empfangen die Ehre haben!

Baron. So schick er den Philipp!

Meidner. Ich werde die Ehre haben!

Baron. So gehe er nur geschwind. Mit seinem ewigen: Ich werde die Ehre haben.

Meidner. Gleich! gleich werde ich die Ehre haben.

Baron. So kann er sich denn das Ding nicht abgewöhnen?

Meidner. Ja, ja! ich werde die Ehre haben, mir es abzugewöhnen.

Baron. So gehe er einmal zum Teufel!

Meidner. Ich werde die Ehre haben.

(er geht ab.)

Siebender Auftritt.

Baron Waldsee. (allein.)

Ja, ja! von dir hätt' ich's am wenigsten vermuthet, Julie; aber, wie gesagt, die Liebe verdirbt auch die besten Kinder! Nun, wie heißt denn dein Galan? Wer ist er dann? (schlägt das Billet auf und liest) „Lotte! dein Werther schmachtet „nach deinen Blicken; entziehst du sie ihm noch ei„nen Tag, so wirst du bald die Nachricht seines „Todes hören. In allem Ernst! — ich kann ohne „dich nicht leben, und kömmst du heute nicht zur „Gräfin von Lohenburg — „Ey, ist dorten die Zusammenkunft? Drum fuhr sie immer am liebsten

sten dahin! — „ so feyre ich heute Abends meinen „ Hochzeittag! und wenn du —„ das Ding geht gar alles per Du! „ und wenn du um 12 Uhr einen „ Schuß fallen hörst, so glaube nur sicher, daß er „ mich getroffen hat. Die Pistolen sind geladen, „ zwar genüß ich nicht das reizende Glück eines Wer- „ thers, zu sagen: Sie sind durch deine Hände ge- „ gangen, aber ohne dich heute zu sehen, muß ich „ sterben. „ — Nun da seh ein Mensch die Früchte der verdammten Romanen! O! wir armen Väter sind in dem erleuchteten Jahrhunderte zu bedauern, müssen das sauererworbene Geld unsern Kindern schenken, damit sie sich Bücher kaufen können, aus denen sie sich todschießen lernen. Doch weiter! „ Mein „ Vater ist gestern in die Stadt gekommen; drum „ muß ich deine Gesinnungen wissen, und wenn du „ einwilligest mich glücklich zu machen, so wag' ich „ es, ihm unsre Liebe zu entdecken. Um eilf Uhr „ werde ich vor deinem Fenster vorbeygehen. Ein „ Wink von dir, ob du mich noch liebst oder nicht, „ wird mein Todesurtheil oder meine Begnadigung „ seyn! Ich bin dein ewig treuer Graf Mühlben. „ — Graf Mühlben? — Mühlben? Je! willkommen! willkommen Herr Schwiegersohn! Er soll meine Tochter haben; ich könnte mir keinen bessern für sie aussuchen! brav! Julchen, brav! Warst doch nicht umsonst mein liebstes Kind! Hast zwar gefehlt, daß du ohne deinen Vater zu fragen, Liebesintriquen spielst, aber wer so fehlt, dem kan mans schon verzeihen. Nun! nun! der Vater ist also in der Stadt. Den werde ich zu mir bitten und gleich das Ding richtig machen, damit sich der Herr Bräutigam nicht
etwan

etwan vor der Hochzeit todschießt. Aber stille, sie kömmt. Ad arma! ad arma!

Achter Auftritt.

Der Baron, Julie.

Baron. Was willst du mein Kind!

Julie. Philipp hat mich geruffen, und ich bin hier, ihre Befehle zu hören.

Baron. Du bist seit einiger Zeit so traurig, so zurückhaltend, und ich möchte gerne die Ursache dieser Traurigkeit, dieser Zurückhaltung wissen. Fehlt dir etwas und ist dir zu helfen, meine Tochter, so denke nur, daß dir dein Vater gewiß helfen wird.

Julie. Papa! liebster Papa!

Baron. Nur heraus, heraus damit, was das arme Herzchen quält!

Julie. Ich bin unglücklich!

Baron. Unglücklich? Mädgens in deinen Jahren sind immer unglücklich, weil alles in euch Wunsch ist, und diese Wünsche manchmal so thörigt sind, daß man sie nicht befriedigen kann.

Julie. Ich habe gefehlt.

Baron. Ich bin unglücklich! ich habe gefehlt! Was zum Henker soll denn da heraus kommen! Warum bist du denn unglücklich? Wie hast du denn gefehlt?

Julie. Verzeihung, gnädiger Papa, Verzeihung!

Baron. In meinem Lande verzeiht man nicht eher, als bis man das Verbrechen weiß! aber rede nur aufrichtig! denn ein aufrichtiges Bekenntniß ist e halbe Besserung.

Julie.

Julie. Ich liebe! ich liebe!

Baron. Deinen Vater vermuthlich? Nun, das Verbrechen bedarf keiner Verzeihung, ist vielmehr billig und löblich, ob es zu unsern Zeiten schon ganz aus der Mode gekommen ist. Ich kenne Töchter, die sich von ihrem Vater zärtlich geliebt, ihre Wünsche, ihr Verlangen befriedigt sehen, und doch diesen gutherzigen Vater auf's schändlichste betrügen, heimliche Intriquen hinter seinem Rücken spielen, ihn nicht einmal in den wichtigsten Unternehmungen um Rath fragen, sondern alles, es mag nun gehen, wie es will, nach ihren Köpfchen unternehmen; doch das in Parenthesis gesagt, denn das du so fehlen könntest oder so gefehlt hättest —

Julie. Und doch, doch!

Baron. Und doch Julie, und doch?

Julie. Ja, mein Vater, ich bin eine große Verbrecherin; habe sie schändlich betrogen, habe heimlich Intriquen hinter ihrem Rücken gespielt. Vermags aber nicht länger zu ertragen, will ihnen alles bekennen und in allem ihren Rath folgen.

Baron. Ja, jetzt, da du siehst, daß du ohne Rath, ohne Hülfe nicht weiter kanst; jetzt ist der Vater gut genug! doch rede, rede, einer Reuenden kann man viel verzeihen.

Julie. Der junge Graf Mühlben liebt mich zärtlich!

Baron. Ah! und woher weißt du denn das?

Julie. Er hat mir es mehr als tausendmal gesagt, er hat mir seine Liebe in den ehrfurchtsvollesten Ausdrücken gestanden.

Baron. Und du hast ihn natürlich an mich gewiesen,

wiesen, damit du erfährst, ob deine Leidenschaft recht und billig ist?

Julie. O mein Vater, dann hätte ich ja nicht gefehlt! Mein Herz hat mich schon längst verrathen, er weiß, daß ich ihn wieder liebe, daß ich ohne ihn nicht seyn, nicht leben kann. Nun wissen Sie alles, mein Vater! und nun ihren Rath ihren Beystand.

Baron. Du bist mir ein schönes Mädchen! Sagst mir erst, daß du ohne den Graf Mühlben nicht leben kannst, und willst endlich meinen Rath und Beistand! Da weis ich keinen andern, als daß du ihn heurathest.

Julie. Ich habe nun also Ihre Einwilligung? Ihren Segen?

Baron Ach! zu was brauchst du des Vaters Einwilligung? Zu was seinen Segen? Beydes ist bey jetziger Zeit nicht mehr nöthig. Der Vater ist auf der Welt, den Kindern Essen und Kleider zu verschaffen, sie groß zu ziehen, und wenn er diese Pflicht erfüllt hat, so braucht man ihn nicht mehr. Sich einen Liebhaber zu wählen, diesen zu heurathen, und wenn sich's nicht thun läßt, wohl gar mit ihm davon zu laufen, das trift ein Mädchen ohne des Vaters Einwilligung, ohne seinen Segen! Nicht wahr, meine Tochter, nicht wahr?

Julie. Ihre Vorwürfe sind bitter, und noch bitterer, weil ich sie verdient habe, aber wenn Sie die Umstände wüßten! —

Baron. Bin begierig, sie zu hören.

Julie. Graf Mühlben gestand mir vor zwey Monaten seine Liebe; dies Geständniß war meinem Herzen angenehm; ich that, was eine Tochter in dergleichen Fällen thun muß, und befahl ihm, bey seinem

und

und meinem Vater, um mich anzuhalten. Allein er schilderte mir seinen Vater als einen harten grausamen Mann, bey dessen Leben er nie an eine Heurath denken könne. Er schwur mir ewige Liebe, ewige Treue; ich ward erweicht und gestand ihm Gegenliebe.

Baron. Das hättest du sollen bleiben lassen. Und was hielte dich bey allen den Umständen ab, deinem Vater alles zu entdecken, den du deinem Liebhaber doch nicht auch hart und grausam geschildert hast?

Julie. Wie können Sie so was denken! ich wollte es thun, allein mein Friz wollte nicht, daß ich es wagen sollte, und die Furcht von ihm, der meinem Herzen alles ist, getrennt zu werden, hielte mich ab; denn wüsten Sie's, bester Papa, so würden sie entweder seines Vaters Einwilligung begehren, oder uns, was wir nie zu denken wagten, allen Umgang mit einander verbieten. Oft wenn ich die Schuld meines Verbrechens ganz fühlte, wenn mein Gewissen mir's vorrückte, daß ich den liebsten, besten Vater so schändlich hintergieng, so eilte ich ihrem Zimmer zu, aber die Hand versagte mir die Kräfte die Thüre zu öffnen, oder wenn ichs auch wagte, mich Ihnen zu nähern, so vereitelte der Gedanken unsrer Trennung meinen Vorsatz, allein jetzt wird der alte Graf Mühlben bald in die Stadt kommen, wir haben beschlossen, daß es Friz wagen soll, ihn um seine Einwilligung zu bitten, und ich bin jetzt hier, Sie um die Ihrige anzuflehen. Haben Sie Erbarmen mit meinem Herzen, Erbarmen mit dem Schicksal zweyer Liebenden, daß ohne ihre Einwilligung der Tod ist. Ja, Papa, ich gesteh es Ihnen offenherzig, unsre Herzen sind

sind schon so verbunden, so verknüpft, daß sie sich verbluten, wenn man sie von einander reißt.

Baron. Du willst mich also mit Gewalt zwingen, deine Leidenschaft zu befriedigen? Machst's wie jener Bettler, setzt mir den Degen auf die Brust, und bittest um ein Allmosen.

Julie. Nicht so, bester, theuerster Vater, nicht so! Aber, wenn sie mich je geliebt, wenn ihr Vaterherz noch für ihre arme Tochter schlägt, so haben Sie Mitleiden mit uns! Nur ihn! Nur ihn! das ist mein erster, mein letzter Wunsch. Ich verlange nichts, gar nichts als ihn, und er nichts, gar nichts, als mich. Er ist mein größter Schatz, und ihm ist meine Person um alle Königreiche der Welt, nicht feil.

Baron. Nun! Nun! du bist immer meine liebste Tochter gewesen, und ob du mich schon schändlich hintergangen, dich ohne meinen Rath, ich will nicht einmal sagen, ohne meine Einwilligung, mit einer Mannsperson eingelassen, mit ihr geheime Korrespondenz gepflogen, so — so —

Julie. So willigen Sie doch ein?

Baron. Was will ich machen, wenn ich dich anders beym Leben erhalten will. Du bist mir zu theuer, als daß ich dich nach aller Mühe und Sorge verlieren sollte. Sollst ihn haben, Julie, sollst ihn haben. Hast meine Einwilligung, und des alten Grafen seine zu erhalten, soll mir auch nicht schwer werden.

Julie. Ists kein Traum? Ists Würklichkeit? Ich soll ihn haben, ich soll ihn mein nennen? dies Herz soll sein Herz seyn? darf ihm entgegen klopfen,

pfen, daß es ihn ewig lieben, ewig verehren wird!
Dank dir, Ewiger, Dank! der du mir einen so gütigen, einen so lieben Vater geschenkt hast! Nun bin
ich glücklich! unerreichbar glücklich! (fällt ihm zu
Füssen) Dank liebster Vater, tausend Millionen Dank!
ich wollte Ihnen so gern mit ganzer Inbrunst meines Herzens danken, aber die Worte fehlen mir! —
Sehen Sie, ich will, ich vermag's nicht! Nehmen
Sie meinen Willen für die That! O Fritz! Fritz!
du bist mein! ewig mein! o wär er nur da, daß
ichs ihm sagen, ihm immer sagen könnte, daß er
mein, mein auf ewig!

 Baron. Mädchen! Mädchen! du wirst mir ja
vor lauter Freuden närrisch! Mäßige dich, sonst ist
mir für deinen Verstand bange.

 Julie. Mäßigen? Mäßigen? ich kann nicht,
ich kann nicht; es ströhmt mir aus Herz, ich muß
reden, sonst ersticks mich! Ich muß Luft haben!

 Baron. Mache dir Luft, so viel du willst! Rede was du willst; ich hör's bey alledem gerne. Aber
sage mir nur Julie, wann ich nun, wie's denn leicht
hätte geschehen können, deine Liebe nicht gebilligt,
wenn ich dir sie untersagt, dich von ihm getrennt
hätte? —

 Julie. O dann wäre der Tod mein Loos gewesen!

 Baron. Der Tod? Ey, was du da nicht herschwatzest! Bist also auch eine Nachfolgerin des berühmten Werthers, eine empfindsame Närrin? kannst
ja aber keine Pistole losschießen!

 Julie. Freylich nicht! aber es würde sich ja ein
gutherziger Arzt gefunden haben, der mir eine Messerspitze voll Gift geschenket hätte?

Baron. Pfui, Julie, pfui! rede nicht so, oder meine Liebe gegen dich vermindert sich. Ich kann nichts weniger, als solche Romanhelden leiden, die immer von Gift und Verzweiflung reden, und wenn's drum und dran kömmt, anstatt des geliebten Gifts ein Antispasmodicum einnehmen und ihre Narrheit ausschwitzen, was am Ende noch das klügste bleibt.

Julie. Will's nicht mehr thun, bester Papa; aber darf ich um meinen Fritz schicken? darf ich ihm selbst sagen, daß ich ihn nun mit der Einwilligung meines Vaters liebe?

Baron. Kannst's thun, laß ihn ruffen. Seinen Vater will ich zu mir zum Frühstück einladen, und da werd' ich dir seine Einwilligung alsdenn zum Hochzeitgeschenk bringen.

Julie. O Papa! o Papa! O Fritz! o Fritz!

Baron. O Julie! O Julie!

Julie. Aber, liebster Papa, wie haben Sie denn unsre Liebe erfahren? Wie?

Baron. Bedank mich, daß du mich daran erinnerst, hätte bald gar darauf vergessen! hatte mir vorgenommen, dich recht auszufenstern, dir eine derbe Lection zu lesen, und laß mich von deinem Bekenntniß hinreißen, und vergeß auf die ganze Sache. Da sieh, diesen Morgen habe ich ein Billetdour von deinem Liebhaber aufgefangen! Lies! Lies!

(er giebt ihr solches.)

Julie. (liest) O der Beste, der Theurste! (liest weiter) Wie viel ist es denn Uhr, Papa?

Baron. Eben hat's eilfe geschlagen.

Julie. (läuft eilig fort.)

Baron. Wohin, Julie, wohin?

Julie. Ans Fenster, lieber Papa, ans Fenster! denn wenn er vorüber gienge, und mich nicht sähe, er könnte — Sie kennen ihn nicht, gnädiger Papa! die Pistolen sind geladen, er könnte sich todschiessen.

Baron. Sorge dich nicht! Wenn sich alle Liebhaber, die es sagen, todtschießen wollten, so würde die Welt längst entvölkert seyn; aber geh nur, geh! und ruf ihn zu dir herauf; wenn ich mit seinem Vater gesprochen habe, so werde ich euch schon rufen lassen. Noch eins Julie! schicke mir deine Schwester Charlotte her, aber sag' kein Wort von dem, was ich dir gesagt habe! Laß dir nichts merken.

Julie. Nichts merken? Das ist nicht möglich; ich werd's meinem Zimmer, meinem Clavier, meinen Büchern erzählen, und ich sollt's meiner Schwester verschweigen?

Baron. Ja, wenn du nicht schweigen kannst: so wird aus der ganzen Sache nichts.

Julie. Nun ja, ich will, ich will schweigen.

Baron. Aber du mußt dich auch mit keinem Blicke, mit keiner Miene verrathen, das sag ich dir!

Julie. Nein! nein! ich will Ihnen Charlotten herschicken, will mich ans Fenster stellen und meine Freude in Dank zu Gott auslassen! O Fritz! o Fritz! (Sie geht ab.)

Neunter Auftritt.

Baron Waldsee. (allein.)

Nun muß ich wieder die Miene des gutwilligen, des freundlichen Vaters ablegen, muß streng seyn denn wenn der Herr Galan auch die beste Parthie ist und die ehrlichsten Absichten hat, so ist das Mädchen doch einmal noch zu jung. Aber sieh, sieh wie das Alter vergeßlich macht! hab' das Billet noch nicht einmal gelesen! (bricht es auf) Was Teufel? französisch! Donner und Wetter! hab' ich darum einem Franzosen vier Jahre hindurch acht hundert Gulden zahlen müssen, damit er meinen Töchtern französische Liebesbriefe schreiben und lesen lerne. Hab ich nicht bald den, bald jenen rechtschaffenen Deutschen vorgeschlagen, aber es mußte ein Franzose seyn, weil's Mode ist. Itzt hab' ich's. (sieht nach der Unterschrift) Marquis Fallaise! Was! Marquis Fallaise? Der Windbeutel vom ersten Range, der Narr, den die ganze Stadt verlacht; den niemand kennt; von dem man nicht einmal weiß, ob er ein rechter Marquis ist. Nein! nein! gehorsamer Diener, daraus wird nichts, und wär's auch nur darum, weil er ein Franzose ist; ich habe meine Tochter deutsch erzogen und will sie auch deutsch verheurathen. Wird nicht übel werden, wenn Charlotte auch so zärtlich wie die andern liebt, muß mich schon auf eine Portion Seufzer und Thränen gefaßt machen, denn es kann schlechterdings nichts daraus werden Ah la Voilà!

Zehnter Auftritt.

Der Baron, Charlotte.

Charlotte. (küßt ihm die Hand) Bon Jour, mon tres cher Pere!

Baron.

Baron. Servus, meine Tochter, Servus! wie geht's? wie leben wir?

Charlotte. Wie der Vogel in der Luft! immer lustig! immer frey!

Baron. So gefällst du mir! aber je freyer, je lustiger und unbesorgter der Vogel herumflattert, je leichter wird er gefangen. Nimm dich in Acht, es giebt der Netze viele, in die sich ein leichtsinniges Mädchen verwickeln kann.

Charlotte. O lieber Papa, dafür ist mir nicht bange! Wer seine Freyheit liebt, dem ist kein Netz zu stark, wenn man auch manchmal, aus Langerweile, zum Zeitvertreib hinein tapt, und sich anstellt, als ob man sich fangen lassen wollte, so ist man doch, ehe die armen Laffen es zuziehen, wieder draussen und lacht sie aus! Aber wie ich merke, so geht heute ein Verhör hier vor! Erst ward Henriette gerufen, die kam gar nicht wieder, dann kam die Reihe an Julien, und jetzt geht's, wie ich sehe, über mich her!

Baron. Glaubst du dich in etwas schuldig, daß du ein Verhör vermuthest?

Charlotte. Das nicht; denn einige kleine weibliche Spitzbübereyen ausgenommen, ist mein Gewissen ganz rein, ganz unschuldig.

Baron. Wir wollen sehen, ob's die Probe aushalten wird.

Charlotte. Nur keine Feuerprobe, lieber Papa! denn ehe ich mir nur meinen kleinen Finger verbrennen lasse, gesteh ich lieber Mord und Todtschlag, obschon ich an keines von beyden gedacht habe.

Baron. Wie alt bist du denn, meine liebe Charlotte?

Char-

Charlotte. Nicht viel älter wie Gellerts Mädchen, mit den sieben Wochen.

Baron. Und vielleicht auch so mannsüchtig, wie diese?

Charlotte. Wenn ich's nun wäre, was würden der Papa dann dazu sagen?

Baron. Der würde schlimm drein sehen; würde so einem unerfahrnen jungen Mädchen erst recht tüchtig den Text lesen, und dann, um allem Uebel vorzubeugen, sie auf ein paar Jahre in die Kost ins Kloster schicken.

Charlotte. Au weh! Au weh! wenn das ihr Ernst ist, lieber Papa, so sehe ich in meinem Leben keine Mannsperson mehr an, denn ich und das Kloster haben Antipathie mit einander. Dort ist alles so öde, so stille, so traurig, und ich bin nie lustiger als wenn ich auf Assembleen, Bällen und in Gesellschaften herumschwärmen kann. Ich liebe die Veränderung, wie mein Leben, und sie würden mich in vierzehn Tagen begraben, wenn ich stets zu einerley Stunde aufstehen, essen, und mit den Hünern zu Bette gehen sollte.

Baron. Was machst du denn so in Gesellschaften? womit vertreibst du dir dann deine Zeit?

Charlotte. Mit Betrachtungen über die menschliche Eitelkeit, denn nichts ist mir unterhaltender, nichts lächerlicher, als wenn die weisen Herren Mannsgeschöpfe — Sie lieber Papa nehm ich allzeit aus, so um uns herumflattern, sich nach unsern Blicken sehnen, und zu verschmachten scheinen, wenn wir ihre Grimassen zu bemerken, und ihre Albernheiten anzuhören, nicht aufgelegt sind.

Baron.

Baron. (für sich) Ich muß suchen zum Zweck zu kommen. (zu ihr) O Geh! geh! wer wird sich in dich häßliches Mädchen verlieben?

Charlotte. Sie sind die erste Mannsperson, die mir das sagt. Gehen sie nur einmal in eine Gesellschaft mit! O bitte, bitte lieber Papa, gehen sie heute zur Gräfin Lodenburg, dort sind so immer alle junge Herrchens versammlet. Machen Sie sich die Freude, gnädiger Papa, sie sollen Wunder sehen! wenn ich erscheine, so ists grade als wenn die Sonne aufgeht, jeder springt mir entgegen, jeder bemüht sich meine Hand zu erhaschen, die aber selten einer erwischt. Da gehts an ein Fragen, an ein Loben, an ein Bewundern, daß ich ohngeachtet meiner grossen Portion von Keckheit bald blaß, bald roth werde. Aber das ist noch nicht das Lächerlichste, das unterhält mich noch nicht so, als wie das neidische Blicken und hönische Lächeln der andern Fräuleins, denen ich wie Magnet, alle Anbeter wegziehe; das ist eine Lust, ein Spaß, darüber ich mich manchmal zu Tode lachen möchte.

Baron. Mädchen! Mädchen! um Gotteswillen! ich muß dich noch einmal fragen: wie alt bist du?

Charlotte. Als ob Sie das nicht wüßten, lieber Papa!

Baron. Schon so erfahren in allen weiblichen Ränken, in allen Künsten der Koqueterie? So ungern ichs thue, aber ich muß, ich muß dich einige Jahre der Einsamkeit übergeben, muß dich von deiner Gesellschaft abziehen, sonst wirst du in Grund und Boden verdorben.

Charlotte. Begeh' ich denn ein Verbrechen,
wenn

wenn ich aufgeräumt und lustig bin? Sie haben mirs ja selbst mehr als tausendmal gesagt, daß sie die Scheinheiligkeit mehr als den Tod hassen, und dieser Regel zu Folge hab' ich mir einen rosenfarbnen Humor angewöhnt; aber wenn er ihnen liebster Papa, zu bunt ist, so kann ich ihn gleich umkehren, kann so gleißnerisch, so scheinheilig wie die alte Fräulein von Grembel thun. Aber glauben sie mir, die Mädchens, die in Gesellschaften kein Wort reden, die einer Mannsperson auf hundert Schritte ausweichen, und stets mit niedergeschlagnen Augen und kleinen kleinen Schritten einhertrippeln, sind gar nichts werth. Unter vier Augen wissen sie Dinge zu reden, die einem wohlerzognen Mädchen gar nicht anständig sind; unter vier Augen treten sie den Mannspersonen so nahe, daß man keine Stecknadel zwischen ihnen durchwerfen könnte, und machen von da bis zur Thüre nur zwey Schritte, wenn der Beherrscher ihres Herzens hereintritt.

Baron. (für sich) Das Mädel macht mir angst und bange, ich weiß gar nicht, was ich mit ihr anfangen soll! (zu ihr) Weißt du denn, was Liebe ist?

Charlotte. Liebe? Dafür bewahre mich der Himmel in allen Gnaden! Nein, Papa, die Liebe kenne ich nicht, und will sie auch, — wenns nicht eine unvermeidliche Bestimmung aller Mädchens ist, — nie kennen lernen. Denn ein Mädchen das liebt, ist mir ein unbegreifliches Räthsel; alle Freude, alles Vergnügen ist bey so einem Geschöpfe verschwunden. Da sitzen sie, die Aermsten, in einem Winkel, seufzen und weinen oft, daß es einen Stein erbarmen möchte, und sehen aus, wie der arme Lazarus,

rus, dem die Hunde in unser Bildergallerie die Füße lecken, diskuriren mit dem Mond, und schlafen die liebe lange Nacht nicht eine Stunde.

Baron. Woher weißt du denn das alles?

Charlotte. Leider aus täglicher Erfahrung!

Baron. Und die ist?

Charlotte. Ja! ich darf nicht aus der Schule schwätzen!

Baron. Kennst du den Marquis de Fallaise nicht?

Charlotte. O wer sollte den nicht kennen? Wenn's lauter solche Männer in der Welt gäbe, so wünschte ich mich morgen ins Grab, obgleich auf dem ganzen Erdballen kein Mensch lieber lebt als ich. Gestern Abends habe ich geglaubt, ich lache mich über den Menschen zu Tode; er kam denn auch zur Gräfin Lodenburg; drängte sich durch den Haufen, der mich gewöhnlich umgiebt, hindurch; und machte mir seinen très-humble und très-obeissant Serviteur. Ich war just in meinem brillantesten Humor und warf ihm einen Blick zu, der die Männer; — Sie immer ausgenommen, lieber Papa! von einer Ecke der Welt bis zur andern zieht; der hatte denn seine gewünschte Würkung, und obwohl dieser Schmetterling sonst von einer zur andern flattert; so stand er doch den ganzen Abend wie angenagelt an meinem Stuhl und plauderte mir die Ohren mit lauter abgeschmackten Zeuge voll. Ich habe in meinem Leben keinen so Schnickschnack gehört und weiß auch würklich nicht, wo ich die Contenance hernahm, nicht laut aufzulachen. Schwören kann ich nicht darauf; aber gehört hab' ichs, glaub ich, daß er mir sogar vom heurathen vorschwatzte.

C   Baron.

Baron. (für sich) Dem Himmel sey's gedankt, die ist gewiß unschuldig! (zu ihr) Hast du nie ein Billet von ihm erhalten?

Charlotte. Nie, lieber Papa, auch würd' ich kein's von ihm annehmen. Haben's schon mehrmal probirt, die Herren, haben ihren Wisch aber auch allemal uneröfnet zurück erhalten. Reden kann man viel und mancherley, aber schreiben sehr wenig, und überhaupt gehört meines Erachtens ein Briefwechsel in die Klasse der ernsthaften Liebe, in die ich mich, ohne ihre Erlaubniß nie einlassen würde, wenn mich ja der Himmel strafen sollte, im Ernste verliebt zu werden.

Baron. Brav, meine Tochter, brav! denkst wie eine gehorsame Tochter denken muß! War mir für dir am meisten bange und finde dich, deine Schelmerey ausgenommen, unschuldig. Sieh, da hab' ich heute Morgen ein Billet von ihm an dich aufgefangen; seh aber nun freylich aus allen Umständen, daß es das erste ist, daß du nichts davon weißt und also unschuldig bist — lies mir nur einmal den Wisch vor. Ich verstehe das fremde Gewäsche nicht so recht.

Charlotte. Mit ihrer Erlaubniß, Papa. (sie liest) „Mon adorable divine Ame de mon Ame! Hi, hi, hi.

Baron. Lache nicht! ich kann solches tolles Zeug nicht ohne Aergerniß hören.

Charlotte. „Je penserai eternellement à la
„Soirée d'hier, car c'est elle, à qui je dois
„la felicité de ma vie. Je sais maintenant, que
„vous m'aimez.

Baron. Ist das wahr, Charlotte?

Char-

Charlotte. Ach! wer wird denn so einen Narren lieben können! (liest weiter) „& je suis au Comble du bonheur„ ich gratulire von Herzen dazu, aber ich glaube meine Antwort wird aus dem Bonheur ein Malheur machen; „Je me flatte „de vous entretenir ce soir chez la Comtesse de Lodenburg.„ Wird schwerlich was draus werden, wär's auch blos deswegen, und den Herrn Marquis von seiner Einbildung zu heilen. „Je vous dirai „tout ce que l'Amour me dictera de ravissant.

Baron. Hätte der Narr lieber gesagt: d'enragé, es wäre besser gewesen.

Charlotte. Besser und richtiger, lieber Papa! „dans l'Attente de ce moment delicieux — Kannst lange darauf warten! — „Je vous baise „vos belles mains. (für sich) Votre servante, Monsieur le Marquis! — „La lettre pour „mon Pere est partie — Nun, da haben sie's, da haben sie's, lieber Papa, heurathen will er mich. (affektirt) Madame la Marquise de Falaise! Hm! der Titel klingt so übel nicht! „Et son „Consentement reçu, je vous demanderai du „Votre.

Baron. Et celui dira: Non, Monsieur.

Charlotte. Je bravo lieber Papa, bravo! hab' bis jetzt nicht gewußt, daß Sie auch französisch reden können. „Je brusquerai Ciel & flammes. Nein, jetzt kommts zu arg; „pour me nommer jus-„qu'au dernier moment de mon Etre: Votre „très-humble & inviolable Amant, le Mar-„quis de Falaise! Schön, unser Herr Marquis in Sedecimo, ist ein Narr in Folio, hab' schon oft und viel dergleichen gesehen, aber so einer ist mir noch nicht unter die Hand gekommen: und da haben Sie nur einen Augenblick glauben können, daß ich diesem Narren Gehör geben würde? Sie kennen ihre Tochter sehr schlecht! Doch lieber Papa — verzeihen Sie, daß ich so kühn bin, — daß Sie das Billet aufgebrochen haben, ist nicht so ganz recht, so ganz billig: Der Marquis wird sich rühmen, daß ich ein Billet von ihm angenommen, wird sich in Gesellschaft mehr herausnehmen, als ich ihm gestatten kann.

Baron. Hast recht, Tochter! hast recht! Ich habe gefehlt, will aber meinen Fehler so verbessern, daß dir kein Nachtheil daraus erwachsen soll; ich werde den Herrn Marquis zu mir einladen und ihn höflich bitten, meine Tochter ungeschoren zu lassen.

Charlotte. So ists recht, lieber Papa!

Baron. Itzt geh auf dein Zimmer, meine Tochter. Sey immerfort so aufgeräumt, erhalte deinen guten Humor, er ist eines Frauenzimmers größter Schatz. Aber die Jahre kommen, und wenn dirs einmal einfällt dich zu verlieben, so mache mich hübsch zu deinem Vertrauten! hörst du!

Charlotte. Ich werd's nicht unterlassen, lieber Papa, und wenn mir mein Herz zu enge wird, wenn mir kein Essen, kein Schlaf mehr schmeckt: so werde ich gewiß kommen und Arzeney von Ihnen verlangen. Aber ich hoffe zu Gott, daß dieß noch nicht so bald geschehen wird, denn bis itzt sind die Männer für mich kein nothwendiges Uebel, und sollen's hoffentlich auch nie werden. Vive la Liberté & perisse l'Esclavage! (Küßt dem Baron die Hand und hüpft ab.)

Eilfter Auftritt.

Baron. (allein.)

Nun! nun! war diesen Morgen so mißvergnügt, so geneigt ein Geschick zu verwünschen, daß mir drey Töchter und nicht Macht genug gab, sie in gehörigen Schranken zu halten; Julie soll glücklich werden;, Henriette! — ah, ich muß doch meine Gefangene heraus lassen, hab' sie lange genug gequält; bin Richter gewesen; will nun Vater seyn! (macht die Kabinetsthüre auf) Nun, wie ists? Henriette!

Zwölfter Auftritt.

Baron, Henriette.

Henriette. O lieber Papa! haben Sie Erbarmen.

Baron. Nun ist schon recht. Geh her! s'ist dir verziehen, wenn du anders dem Rath deines Vaters folgen willst!

Henriette. Ich will, ich will, wenn ich nur kann.

Baron. Sieh Kind, der Lord ist ein braver, vortrefflicher, rechtschaffener Mann, dieß Lob giebt ihm jeder, der mit ihm umgeht. Ich würde ihm auch, aufrichtig zu reden, meine Tochter nicht versagen, wenn ers redlich meynt, wenn seine Liebe gegen dich ächte, wahre Liebe ist. Dieß werde ich untersuchen; behauptet er auch hier seinen gewöhnlichen Karakter, so wird mir's lieb seyn, und hat dich die

Vorsehung nach Engeland bestimmt, so wird dich mein Seegen auch dort erreichen. Von itzt an, überlaß dich ganz meiner Leitung, rede nicht mehr mit dem Lord, gehe in keine Gesellschaft. Willst du das thun?

Henriette. Ja, gnädiger Papa, ja, ich will!

Baron. Nun gut, wenn du meine Befehle genau befolgst, so verspreche ich dir auch alles zu deinem Glücke beyzutragen, wenn anders —

Henriette. O lieber Papa, der Lord ist der rechtschaffenste, der beste Mann! und ich bin glücklich, unüberschwenglich glücklich! Ich kenne die Heftigkeit seiner Liebe, weiß, daß seine Absichten rein sind, und weiß noch überdieß, daß er mir zu Liebe Engeland nie wieder sieht. O Billi! Billi! wenn ich dich nur von deinem Glücke unterrichten dürfte! Stellen sie sich, bester Papa, meine Angst, meine Quaalen vor, schon seit einem Monate lag er auf Helborns Lusthause krank.

Baron. Und hast du ihn nicht besucht?

Henriette. Ich weiß, daß sie viel verzeihen können, und gesteh's ihnen also lieber offenherzig; ja, ich habe ihn ein einzigesmal besucht.

Baron. Er ist doch schon wieder gesund?

Henriette. O ja! Gestern kam er zur Gräfin Lodenburg. Wir blieben nicht im Geräusche der Gesellschaft, sondern brachten den ganzen Abend unsre Zeit bey der alten Gräfin zu, die unsre Vertraute ist.

Baron. Mädchen! Mädchen!

Henriette. Wie lange muß ich nun wohl zwischen Angst und Hofnung leben?

Baron. Geh nur auf dein Zimmer! dein Vater wird thun — was er thun kann! geh! (er läutet.)

Henriette. Dank, lieber Papa, tausend Dank; ich will in meinem Zimmer sitzen, will mich nicht rühren, nicht wenden. Aber meinen heissen Wünschen wird die Sonne schneckenmäßig kriechen, bis ich die Entscheidung meines Glücks aus ihren Händen erhalte. (läuft ab.)

Dreyzehnter Auftritt.

Baron. Meidner. (tritt herein und stäubt sich seine Beinkleider ab.)

Baron. Was ists? was giebts?
Meidner. Fräulein Henriette hatte die Ehre mich über den Haufen zu rennen.
Baron. (lachend) Ja, mein lieber Meidner, die Liebe ist mächtig! Geh er einmal zum alten General Mühlben, er ist in die Stadt gekommen; und lad' er ihn zum Frühstück zu mir ein.
Meidner. Ich werde die Ehre haben.
Baron. Vorher habe er die Ehre mich anzukleiden.
Meidner. Ich werde die Ehre haben.

Ende des ersten Aufzugs.

━━━━━━

Zweyter Aufzug.

Voriges Zimmer.

Erster Auftritt.

Baron Waldsee und General Mühlben treten beyde zur Thüre herein.

Baron. Nun, Sie einmal in der Stadt zu sehen, ist ein rechtes Wunder, ich glaube, daß es schon drey Jahre sind, daß wir uns nicht gesehen haben. Ihr Lieutenant, der doch vor Weiland 25 Jahren ihr täglicher Gesellschafter war, ist ihnen ganz fremd geworden. Ohne eine förmliche Einladung hätten sie sich wohl gar nicht mehr an ihn erinnert?

General. Sie irren, lieber Baron, sie irren sich stark, ihrentwegen bin ich in die Stadt gekommen! aber das sollen sie alles gradatim erfahren.

Baron. Wie ists Ihnen denn die Zeit über gegangen?

General. Miserabel, lieber Kriegeskammerad, miserabel! die verdammten Strapazen im Felde, und dabey das lustige lockere Leben haben mich vor der Zeit alt gemacht. Ich bin erst die funfzig passirt und haple daher, wie einer mit siebzig Jahren. Wie wir uns kannten, war's einerley ob ich auf Stroh oder auf Stein schlief, und itzt sind mir die weichsten Betten zu hart. Tempora mutantur,

&

& nos mutamur cum illis. Auf dem Lande ist mirs zu einsam und in der Stadt zu viel Tumult. Ich weiß nicht, was ich anfangen soll, möchte mich mit sammt meinem Gelde ins Grab scharren.

Baron. Das müssen sie nicht thun, das Land hat ja allerhand Mittel für die Langeweile. Laden sie sich dann und wann eine gewählte Gesellschaft ein.

General. Hab's schon probiert, hab's schon mehr als einmal probiert und hat mir nicht behagt. Hab' dieser Tagen mir all' die jungen Herrchens und Damen meiner Nachbarschaft eingeladen; dachte mir einen rechten gütlichen Tag anzuthun, und bin, hohl mich der Teufel, nie mißvergnügter gewesen. Glaub mir's Bruder, die jungen Leute sind itzt lauter Narren und Windbeutels, wie's zu unsern Zeiten keine gab. Die Kerl's gehen daher, wie am Drathe gezogen, stinken nach französischen Wässern, daß ein Kerl mit einer deutschen Nase für Gestank umfallen möchte; hüpfen und springen wie die Ziegenböcke, und trillern und pfeifen ein Liedchen ums andere, wie mein Kanarienvogel, den ich mir zum Zeitvertreib auf dem Flaschinettel abgerichtet habe; und die Mädchens, die deutschen körnigten Mädchens, die zu unsrer Zeit so gäng und gäbe waren, hat der Teufel auch gehohlt. Wenn man den jetzigen ihre thurmhohen Frisuren abnimmt, die Schuhe mit den Ellenlangen Absätzen auszieht, und die Fischbeinröcke, Puffanschen, oder wie das Ding heißt, wegnimmt, so bleibt, hohl mich, straf mich! nichts übrig, womit sich ein ehrlicher Kerl abgeben kann.

Baron. Nun, so wähle ich mir zu meiner Gesellschaft Leute meines Alters. —

General. Hab's auch probiert, hab mir alle alte Herren und Damen meiner Nachbarschaft eingeladen und bin noch mißvergnügter dabey gewesen. In Betten und Pelzwerk eingepackt, kamen sie dir mitten im Sommer dahergefahren, und nachdem ich sie ausgepackt und ins Zimmer geschleppt hatte, so klagte einer über Steinschmerzen, dem andern kams Podagra, dem dritten das Chiragra. Die Damen hatten Vapeurs, Schnupfen, Colick, Migraine, Nervenzustände und der Teufel weiß, was alles. Das war ein Maunzen, Geschrey und Fluchen untereinander, daß mir die Ohren sumsten. Was konnte ich also für Vergnügen dabey haben, keins, als daß meine Speiskammer ausgeleert und mein Wein gesoffen ward.

Baron. Wie ich sehe, Herr Bruder, so bist du ein ganzer Menschenfeind geworden.

General. Ah, das nicht, das nicht, Bruder! sollst gleich erfahren, daß ich die Menschen gar nicht hasse! Dieser Tagen ergriff mich dann wieder die Langeweile rechtschaffen, ich war so traurig, so mürrisch und konnte weder schlafen noch essen. Dem Dinge dachte ich, willst du auf der Stelle abhelfen, machte meine sieben Sachen zurechte, ließ gestern anspannen, und fuhr in die Stadt; und machts euch nur keine Gedanken, daß ich eher fortgehe, als bis ich die Arzeney mitnehme.

Baron. Und die wäre?

General. Ein hübsches, junges Weibgen. Lach' nicht, Bruder, lach' nicht, ist, hohl mich der Teufel, mein Ernst. Aber in allen Ehren, verstehts sich's in allen Ehren, denn ich will heurathen, sperre du deine Augen auf, wie du willst, ich heurathe doch.

Baron. General! in deinem Alter!

General. Nun ja, in meinem Alter! sieh mich einmal an! (steht auf) kann bey allen dem, daß mich's dann und wann in Beinen reißt, noch fest stehen, und ein wenig frisiert, in meiner Gallauniform passier ich immer noch als ein Kerl von funfzig Jahren. Bruder rümpf's Maul nicht, bin, hohl mich der Belzebub, noch immer mehr werth, als eure jetzige junge Herren, die man wie Zuckerwerk zerblasen und zerdrücken kann. Wie gesagt: ich bin Bräutigam, und erhalt ich das Mädchen, das ich mir ausgesucht habe, so will ich erst recht zu leben anfangen.

Baron. Würklich? würklich? eine Frau?

General. Ja, Hans Wundredich! eine Frau!

Baron. Aber Herr General, du hast die Rechnung ohne den Wirth gemacht. Eine Alte wirst du nicht nehmen wollen.

General. Pfui Teufel, freilich nicht!

Baron. Und eine junge wird dich nicht wollen.

General Ah paberlepab! glaub du das nicht. Ein alter General mit funfzigtausend Gulden Revenüen ist bey dem heutigen Frauenzimmer schon noch willkommen, und das ich dirs kurz heraussage, Herr Schwiegerpapa, du mußt mir eine von deinen Töchtern, du must mir Julie zur Frau geben. Ich habe das schöne liebe Ding vorm Jahre auf dem Lande ein paarmal gesehen, und mein Sohn, der auf der hiesigen Universität studirt, hat mir einige Zeit her, so viel Liebes und Gutes von ihr geschrieben, daß ich mich, hohl mich, straf mich! in sie verliebt habe. Die Verwandschaft mit meinem Hause kann dir nicht anders als angenehm seyn, dein Kind wird gut ver=
sorgt

sorgt, dafür steh ich dir, kanst überdies fordern, so viel du willst; mein Sohn behält immer noch genug — kurzum: deine Einwilligung hab' ich, und mit der Tochter laß mich nur selbst reden.

Baron. Dein Antrag, lieber General, setzt mich in Erstaunen! Aber ich hoffe, daß wir doch gut auseinander kommen werden.

General. Das hoff ich auch, denn keinen Korb laß ich mir nicht geben.

Baron. Die Verwandschaft mit dir ist mir allerdings angenehm! Ich würde dir meine Tochter mit Freuden geben, wenn du zwanzig Jahre weniger zähltest.

General. Guter Narr! wenns so wäre, sähe ich's auch lieber! Aber zwanzig Jahre mehr oder weniger thun zur Sache nichts, und deine Tochter muß ich deswegen doch haben.

Baron. Willst du mich ruhig anhören?

General. So lange du willst, lieber Swiegerpapa, so lange du willst.

Baron. Aus der Heurath mit dir und meiner Tochter kann nun einmal nichts werden.

General. Nichts? Höll und Teufel, warum nicht?

Baron. Du bist zu alt und sie ist zu jung — aber wenn Sie solche lieben —

General. Ja hohl mich der Pluto! ich liebe sie!

Baron. Gut! so will ich ein Mittel vorschlagen, durch das du meine Julie stets bey dir haben wirst, und ich bin auch versichert, daß sie dich warten, pflegen, liebkosen und küssen wird.

General. Ich möchte das Mittel hören! das will ich eben, das verlang ich!

Baron. Ich habe heute die heftigste Liebe zwischen Julien und deinem Sohn entdeckt. Aus dieser Ursache ließ ich dich zu mir einladen, und wolte dich um deine Einwilligung bitten.

General. Was? was? Herr Kriegskamerad, ist das Spas oder Ernst?

Baron. Völliger ganzer Ernst.

General. Nun so höre denn auch meinen völligen und ganzen Ernst. Aus der Sache wird nichts, rein nichts, das wäre sauber, hohl mich Satan, Lucifer, Beelzebub, Pluto und Rhabamantus! das wäre sauber! solte von meinem Sohn, dem jungen einfältigen Laffen ausgestochen werden? Sollte sein Kuppler seyn? das wäre mir recht! geh zum Teufel mit deinen Propositionen! hast mich so geärgert, daß ich's Pödagra bekommen werde!

Baron. Aber überlege nur selbst!

General. Uiberleg du nur auch, daß das gar nicht seyn kann! das würde ein Stadtmärchen werden; der alte General Mühlben, würd's heißen, hat um ein Mädchen gefreyt und sein Sohn hat's ihm vor der Nase weggeschnappt! Donner! Hagel! Blitz! das wäre mir eine Historie! Bruder Kriegskamerad! alter ehrlicher Freund, gieb mir deine Tochter oder ich betrete dein Haus mit keinem Fuße mehr; schwöre dir ewige Feindschaft.

Baron. Du verlangst da etwas, was dir ein rechtschafner Vater, und wär's sein größtes Unglück, nicht bewilligen kann. Und was hilfts, gäb' ich dir auch meine Einwilligung, so wird doch meine Tochter nie ja sagen.

General. Pfui, schäm dich! Bist Soldat gewesen und hältst so schlechte Zucht bei deinen Kindern!

bern! Führst kein gutes Regiment; brauch' deine väterliche Autorität, gieb deiner Tochter Arrest bey Wasser und Brod bis sie ja sagt, und vor's übrige laß mich sorgen.

Baron. Du beleidigest mich — Ich bin Vater und nicht Zuchtmeister! — Wenn Aeltern zu viel Strenge —

General. Geh, rede nicht weiter! und komm mir nicht mit deiner Moral, sonst ist's gar aus! s'würgt mich so im Halse, daß ich dran ersticken möchte! s'wird also aus der Sache nichts?

Baron. Das hab ich zu fragen!

General. Höll und Teufel! Antwort will ich — Ja oder Nein!

Baron. Nein!

General. Nun freu dich, Bube, freu dich! an dir will ich meinen ganzen Grimm auslassen, dir will ich den Streich, den du deinem Vater gespielt hast, tausend millionenfach bezahlen. Leb wohl! — denn ich kann nicht länger bleiben — Leb wohl und! — hohl der Teufel alles was Weib heist! Ich mag deine Tochter jetzt nicht! — mach mit ihr, was du willst, ich mag sie nicht, aber mein Sohn bekommt sie auch nicht. Leb wohl! Leb wohl! du bist mein Freund nicht mehr, und wenn dir's einfällt mich einmal zu besuchen, so schlag ich dir die Thüre vor der Nase zu! (geht fort)

Baron. Empfehle mich Herr General; hoffe, daß ich Sie ebenfalls zum letztenmal gesehen.

General. (Kommt zurücke) Bruder! du hast Bedenkzeit, überlegs noch einmal! S'ist, hohl mich der Teufel, als wenn ich ohne das Mädel nicht fort könnte. Hab' dir gestern alle Brillianten meiner

seligen

seligen Frau geputzt! Ein prächtiger Schmuck! Achtzig tausend Gulden unter Brüdern werth; wenns Versprechen vorbey ist, so bekommt sie ihn zum Geschenke! Ich habe schon alles zu Hause aufräumen lassen. Habe dem Verwalter befohlen, Haasen, Hirsche, Schweine, Fasanen einzukaufen, hab's allen meinen Leuten erzählt, daß ich Hochzeit machen werde, und wenn ich nun jetzt nach Hause komme, die Leute alle in Parade stehen und mich fragen: Wo ist denn Ihro Excellenz Braut? und ich nun allein mit einem großmächtigen Korb auf dem Buckel heraussteige. Das Gesicht, das die Kerls machen werden! Ich schäme mich, hohl mich der Teufel und sein Großpapa, nach Hause zu fahren. Geh Bruder, sey gescheut, gieb mir's Mädel, oder laß mich nur wenigstens mit ihr reden.

Baron. Das würde nur übel ärger machen.
General. Also gradeheraus, nichts! gar nichts?
Baron. Bedaure von Herzen!
General. Ich auch! ich auch! Leb wohl du Trotzkopf — wenn du wolltest — wenn —
Baron. (zuckt die Achseln)
General. Je, so hohl dich der Teufel! (ab)

Zweyter Auftritt.

Baron. (allein)

Nun das wird eine schöne Historie werden! Julie! Julie! für dich ist mir bange! dein Herz wird viel zu leiden haben! Aber was willst du machen? armes Mädchen, den Vater magst du nicht, und der Sohn wird dir nie werden — Hart! sehr hart, daß ich
nun

nun ein Band zerstören soll, das ich so gerne noch fester verbunden hätte, aber ich muß — es ist meine Pflicht, denn ich würde in dergleichen Fällen, das nämliche verlangen.

Dritter Auftritt.

Baron, Julie, Fritz.

Julie. Er ist fort! da mein bester Papa, führe ich Ihnen meinen Fritz auf!

Fritz. Gnädiger Herr, mir mangeln alle Worte des Danks, ich bin noch immer wie im Traum; mein Glück ist zu groß, zu himmlisch als daß ich mir's wachend denken könnte! was haben wir zu hoffen, was hat mein Vater gesagt, sprechen sie, was haben wir zu hoffen?

Baron. Nichts, gar nichts! was nützte's, wenn ich es euch verheelen wollte. So lieb, so angenehm mir die Ehre ist, die sie mir und meiner Tochter erweisen, so muß ich ihnen doch auf Befehl ihres Vaters allen Umgang mit ihr verbieten. An eine Verbindung ist nicht mehr zu denken.

Julie. Ists möglich? O Papa! ists möglich?

Fritz. Ich hab's vermuthet, ich kenne meines Vaters Gesinnungen! Der Schlag kömmt mir nicht unverhoft, aber er ist gleichwohl tödtlich. Herr Baron, es ist schrecklich, sich von seiner Seele zu trennen! Ich vermag's, ich kann's nicht. Er komme, der barbarische Vater, ich gehe nicht weg von hier, und wenn ihn mein Bitten nicht rührt, wenn meine Verzweiflung keinen Eindruck auf sein Herz macht, so ist der Tod mein Loos.

Julie.

Julie. Und ich sterbe mit dir! Fritz, mit dir!

Baron. Kinder! Kinder!

Fritz. O Ja! Nehmen Sie mich zu ihrem Kinde an! verbinden Sie mich mit ihrer Tochter! Ich will mit ihr fort, will mit ihr fliehen! ich verlange, ich will sonst nichts als meine Julie. Meine Hände sollen sie ernähren und ich werde mich glücklicher als ein König dünken. Geben sie mir Julien! Geben sie mir mein Leben! trennen sie uns nicht! haben sie mehr Erbarmen, als mein harter Vater.

Julie. Sie haben mir ihn ja versprochen! Sie haben mirs heute früh erlaubt, ihn zu lieben. Er hat mein Herz, ich kann's nicht mehr zurück nehmen.

Fritz. O bester, gütigster Mann, erhören Sie uns.

Baron. Junger Mann, mässigen Sie ihren Schmerz, er ist stark, er ist auch billig. Ich würde Ihnen, Gott weiß es, meine Tochter mit Freuden geben, mein Segen sollte euch überall begleiten. — — Aber bedenken sie, daß sie einen Vater haben, daß dieser Vater ihr Glück auf eine andere, vielleicht auf eine bessere Art machen will!

Fritz. Mein Glück ist Julie, er schenke mir ihre Hand und ich bin äußerst glücklich, brauche nichts! will nichts mehr! Ich verachte sein Geld, seine Reichthümer, seine Güter! Ich unterschreib's mit meinem Blute, daß ich nie, was immer für einen Anspruch darauf machen werde. Aber Herr Baron, entfernt von Julien — entfernt von seiner Seele, kann der Körper unmöglich leben!

Baron. Ich weiß, daß Liebenden nichts schrecklichers als die Trennung, aber bedenken sie nur selbst, daß sie in diesen Umständen unvermeidlich ist. Versuchen

suchen sie aber ihren Vater zu bewegen. Ich weiß, wie viel die Bitte eines Kindes über einen Vater vermag. Erfahrung hat mich's gelehrt, daß unsre Herzen den Thränen der Kinder selten — vielleicht niemals widerstehen können.

Fritz. O! so denkt mein Vater nicht; er hat mir oft Sachen in meiner frühesten Jugend versagt, deren Beraubung mich zum Weinen zwang, und er hat zu meinen Thränen gelacht. Sein Wort ist ihm unwiderruflich, und wenn er einmal Nein gesagt, so kann ihn die Gewißheit meines Todes nicht bewegen, Ja zu sagen. Ich bin verloren, ich weiß, ich fühl's, ich bin verloren, er wird mich von dem Leben meines Lebens, von meiner Julie trennen, er wird mir jeden, auch den entferntesten Umgang mit ihr verbieten, und zwingt mich die Heftigkeit meiner Leidenschaft seinen Befehl zu übertreten, so wird er mich mit Gewalt von ihr reißen, wird mich aufs Land führen, einsperren, und ich werde, ohne sie noch einmal gesehen, ohne ihr mein letztes Lebewohl gesagt zu haben, mein Leben verweinen, verjammern und in Verzweiflung sterben. Sieh, Julie! Sieh! das ist mein Loos, mein Schicksal, wofern dein Vater sich nicht erbitten nicht bewegen läßt, uns seinen Segen zu unsrer Flucht zu geben.

Julie. O, mein Vater! sehen sie die Thränen ihres Kindes, sehen sie zwey äußerst Unglückliche, die ein Wort von Ihnen glücklich machen kann.

Baron. Und du wolltest deinen alten Vater verlassen? Die gute, tugendhafte, wohlerzogene Julie könnte sich so weit vergehen, einem Vater seinen Sohn zu rauben? Und wenn dein alter, dich zärtlich liebender Vater, deines Anblicks beraubt, sich deine
Flucht,

Flucht, die ſchimpfliche Nachricht über ſolche zu Her‐
zen nimmt, nun aufs Krankenbette ſich wirft, dem
Tode naht, wirſt du da nicht bey ſeinem Lager er‐
ſcheinen? nicht ſeinen letzten Segen empfangen, nicht
ihm die Augen zudrücken? Grauſame! wenn du mich
verlaſſen kannſt, ſo geh, ich werde euch nichts vor=
werfen, werde euch unterſtützen, ſo gut ich kann,
aber die Kränkung meiner Ehre, die Vorwürfe, die
Angſt um euch, hab' ich nicht verdient.

Julie. Nein, mein liebſter, theurſter Vater,
ich bleibe, geſchehe auch was da wolle, geſcheh auch
das Schrecklichſte was ich kenne, die Trennung von
dir, mein Fritz, ſo bleib ich doch! denke ſelbſt,
Lieber, mit dem Fluche deines Vaters beladen, von
der Gewißheit, daß der Meinige ſich über unſere
Flucht kränken wird, überzeugt, wie können wir da
glücklich ſeyn? Wie könnten wir die Reize der Liebe
genießen? Wie könnte ich an deinem Buſen ruhen,
wenn ich immer den Tod meines Vaters beſorgen
müßte? — Nein! tauſendmal lieber meinen Tod,
als den ſeinigen!

Fritz. Ich bin überwunden, ich bin überzeugt,
daß die Flucht uns nicht glücklich macht; ich fühl's
aber auch eben ſo ſtark, eben ſo mächtig, daß deine
Trennung mein gewiſſer Tod iſt. — Vater mei‐
ner Julie! ich will ihrem Rath folgen, ich will mich
zu den Füſſen meines Vaters werfen, die Liebe wird
mich beredt machen, und vielleicht — vielleicht doch,
daß er einmal ſeinen Sohn erhört! Unterdeſſen le‐
ben Sie wohl! Nehmen Sie meinen innigſten Dank
für ihre edle Geſinnungen gegen mich! und dir Ju‐
lie, ſchwöre ich hier in Gegenwart deines Vaters,
ewige Treue, ewige Liebe! und wenn das Schickſal

uns trennt, wenn ich dich — o ich kann's nicht aussprechen, nicht denken! — wenn ich dich nicht mehr sehen sollte, so sey versichert, daß dies Herz ewig für dich schlagen, daß mein letztes Wort dein Name seyn wird. Lebe wohl, Seele meiner Seele, lebe wohl! (umarmen sich)

Julie. O nein! ich kann dich nicht verlassen!

Vierter Auftritt.
General Mühlben, Vorige.

General. Bitt' um Verzeihung, Herr Hauspatron! geschieht wider meinen Willen, daß ich noch einmal ihr Haus betrete! aber ich suche meinen Buben, kann ihn nirgends finden, er soll hier seyn! — (Fritz und Julie reißen sich los.) Ah Lucifer und alle Teufel! geht's so zu! Herr Baron, du spielst einen treflichen Kupler! Bube! Bube!

Fritz. (Zu des Generals Füßen) Mein Vater!

Julie. (will auch hin zu ihm, der Baron hält sie zurück, sie sinkt in seine Arme.)

General. Was machst du hier? was willst du hier?

Fritz. Erbarmen, mein Vater, Erbarmen!

General. Fritz! mach mir den Kopf nicht warm. Ich hab' dich überall gesucht Schwärmer, und finde dich hier, wo du am wenigsten seyn solltest. Doch eben recht, daß ich dich hier finde, und also kurz und gut, aus deinem Projekt wird nichts, darfst an keine Heurath, am wenigsten an eine Heurath mit Julien denken. Packe dich, und treffe ich dich
noch

noch einmal in diesem Hause, so sage nicht mehr, daß der General Mühlben dein Vater ist. Geh! sage ich.

Fritz. Ich kann nicht, ich kann nicht.

General. Was?

Fritz. Ich liebe Julien! — einzig lieb' ich sie. —

General. Das heißt dir der Teufel sagen!

Fritz. Ich kann ohne sie nicht leben!

General. Tausend Kreuz Bataillon! Bube! kein Wort mehr! Ich weiß, wo du hinaus willst! spare dein Bitten! spare deine Thränen! Ich bin fest wie ein Felsen! (sieht Julien an und verändert sein Gesicht.) Uh! uh! uh! das Mädchen ist, seitdem ich sie nicht gesehen habe, hundertmal schöner geworden; und wie sie ihn ansieht, wie sie nach ihm herschmachtet! — Fritz, scher dich zum Teufel! marschir fort!

Fritz. Mein Vater! Ihre Einwilligung!

General. Wozu, Teufel, wozu?

Fritz. Verstoßen, verbannen sie mich! werfen sie mich in finstern Kerker, ich werde meine Julie ewig, — ewig lieben.

General. Halts Maul (sieht immer Julien an)

Fritz. Bey dem Namen: Vater! bey allem, was Ihnen heilig! bey den Gebeinen meiner Mutter beschwör ich sie! hören sie mich nur wenigstens an!

General. Ich mag nichts hören! gegen Julien) O du schöner, lieber, holder Engel!

Fritz. Machen sie mich nicht unglücklich!

General. Halts Maul, sag ich! (zu Julien) Beym Beelzebub, so ein Mädchen giebts nirgends mehr!

Fritz

Fritz. Eben deswegen, bester Vater —

General. Eben deswegen sollst du sie nicht lieben! Reize meine Wuth nicht länger, oder — oder —

Baron. Julie, geh auf dein Zimmer!

Julie. Nein! nein! ich werde ihn nicht wieder sehen!

Fritz. Kommen sie, Julie kommen sie! mit mir zu seinen Füssen! Es erniedrigt sie nicht! Es betrift das Glück unsres ganzen Lebens; um dieß kann man schon bitten, kann man schon flehen.

Julie. (reißt sich von ihrem Vater los und wirft sich mit Fritzen zu des Generals Füssen.)

General. Tausend Element, was soll das? Stehen sie auf, liebes Mädchen! (zu Fritz) Verfluchter Bube! geh fort, oder — (zu Julien) Mädchen! — Engel! stehen sie auf! — zum Teufel! stehen sie auf! — kommen sie lieber in meine Arme!

Julie. (in seinem Arme) Sie erhören uns! Sie willigen ein?

General. Kreuzbataillon! Nein! aber nur ruhig, schönes Mädchen! nur ruhig! (zu Fritz) Jetzt geh, oder hohl mich der Satan, ich werfe dich zur Thüre hinaus, — Es wird nichts daraus, ich schwöre dirs zu, es wird nichts daraus!

Fritz. Wohl! gut! Herrlich! recht herrlich! es sey so, weil es so seyn muß! — Leben sie wohl, mein Vater, ich habe sie zum letztenmale gesehen! Ohne Julien ist Verzweiflung mein Loos! fort! fort! hinaus ins Freye! ich werde meinen Tod suchen, ich werde ihn finden! (eilt fort.)

Julie. (ihm nach) Fritz! Nicht ohne dich!

Fritz.

ein Lustspiel.

Fritz. (wendet sich um) Julie! leben sie ewig wohl! (sie sinken einander in die Arme.)

Baron. (gerührt) General! wenn dich das nicht rührt!

General. Auseinander! auseinander! ich kann das Mädchen in keines andern Armen sehen! (reißt Julien weg) Mädchen, höre mich nur an! ich will dich auf eine andere Art glücklich machen! Fort, Bube, fort! (will ihn fortführen.)

Julie. (will zu ihm) Fritz mein Fritz!

General. Fort, sage ich.

Fritz. Leb ewig wohl! Julie! (stürzt zur Thüre hinaus.)

Julie. (sinkt zusammen.)

General. Was Donner, Wetter, Mädchen! Julchen! um Gotteswillen! Engel! — ich weiß nicht, was ich thun soll! Dem Himmel sey gedankt, sie kömmt wieder zu sich! — Bin ich nicht erschrocken, daß alles an mir zittert.

Julie. (schwach) Er ist fort! er ist fort!

General. Je, lassen sie ihn zum Teufel gehen! wird schon wieder kommen! und bin ja ich da! bin ja ich da!

Baron. (läutet, Bediente kommen) Führt Julien auf ihr Zimmer.

General. Bruder, sey gescheut, Bruder! bedenk doch! Laß sie da! ich will ja nur ein wenig mit ihr reden! will ihr nur etwas sagen, und wo du sie fortführst: so gehts mir, hol mich der Teufel, wie meinem Fritz! Ich sag dirs offenherzig — Sie — Sie hat mich entzückt! ich kann ohne sie nicht seyn! Laß mich nur mit ihr reden!

Julie. Erbarmen sie sich unser!

General. Ja! Ja! lieber kleiner Engel, erbarmen sie sich nur auch meiner! — ich brenne ganz vor Liebe! bin schon sechzig — hopsa! — schon funfzig Jahr alt und hab' nie die Macht der Liebe so gefühlt! Hohl mich der Teufel, ich liebe sie von ganzem Herzen.

Julie. O! so machen sie mich glücklich!

General. Wenn sie mein Herz, meine Hand glücklich macht, von Herzen gerne, mein Kind!

Julie. Nein, nur mit meinem Fritz kann ich glücklich seyn!

General. Und ich nur mit Ihnen, liebes Kind! — Ueberlegen sie's nur, sie sollen den Himmel auf Erden haben, was ich Ihnen am Auge ansehen kann, soll geschehen; ich will ihr Bedienter, ihr Sclav seyn! So sieh mich doch nur einmal an, eigensinniges Mädchen! ich bin ja auch noch eines Blickes werth, bin bey alle dem ein Kerl, den man noch lieben kann! nun, wie ist's, gehört das schöne Händchen mein? Schenkst du mirs?

Julie. Ja, wenn sie's ihrem Sohne wieder schenken wollen, mit tausend Freuden!

General. Nein! nein! Ich behalt's für mich! (Julie zieht ihre Hand zurück) Geh, gieb mir deine Hand wieder! Nun Bruder! Nun Schwiegerpapa! Ich habe dich beleidigt, ich bitte dich um Verzeihung, aber hilf mir nur auch das liebe, schöne, englische Mädchen bewegen! — Bitte Kind! bitte!

Julie. Nicht Sie sollen, ich will bitten, daß sie mich, daß sie ihren Sohn glücklich machen! O liebster! bester Herr General! Ihre Einwilligung und dann — O, wie ich sie ehren, wie ich sie lieben will! Lassen sie sich erbitten, liebster Vater!

Gene

General. Nein! Blitz, Donner, Hagel! will nicht dein Vater, will dein Mann werden! Geh, Julchen, geh! vergiß den Laffen!

Julie. Nie, nie! werd ich ihn vergessen! Haben sie Mitleiden! haben sie Erbarmen mit zwey Liebenden! (streichelt ihm die Wangen.) Liebster! Bester!

General. Mädel! Mädel! du machsts übel ärger! das — das bringt durch — das macht mich ganz schwindlich! — Hexe! Zauberin! ich kann nicht länger hier bleiben, du beredst mich endlich, und hohl mich der Teufel, ich kann nicht ohne dich leben. — Ich muß fort! Leb wohl du Unnennbare! und, und — der Teufel weiß, was ich dir zu gefallen noch anstelle! Weine nicht, Mädchen, deine Thränen fallen mir aufs Herz! Weine nicht! (gerührt) Muß, hohl mich der, — der — (wischt sich die Augen) Muß selbst mit weinen! — Ha, ha, ha, ist mir in meinem Leben nicht so gewesen! Geh her — magst mich nicht? —

Julie. Nein! nein! Ach wo wird mein Fritz herumirren!

General. Will ihn schon finden! will ihn schon finden! ich geh, ihn zu suchen, und siehst du's, du liebes garstiges Mädchen — Du! — es geht verflucht schwer heraus, aber — aber — du sollst ihn haben, sollst ihn, hohl mich der Teufel, haben!
(ab.)

Fünfter Auftritt.

Baron, Julie.

Julie. Soll ihn haben? soll ihn haben! o beſſer Papa, ſagte er wuͤrklich ſo? Iſt's nicht etwan eine zweyte ſuͤſſe Taͤuſchung?

Baron. Er hat's geſagt, und ſein rauher guter Karakter hat mich wieder mit ihm ausgeſoͤhnt.

Julie. Er gab alſo ſeine Einwilligung und ſie geben die ihrige? Ich darf alſo nicht mehr hoffen, kann's glauben, kann gewiß ſeyn? o mein Fritz! Erlauben ſie, daß ich um ihn ſchicke — daß —. daß —

Baron. Geh auf dein Zimmer, ich hoͤre Jemanden kommen.

Julie. (eilt ab.)

Sechſter Auftritt.

Baron, Marquis Falaiſe.

Marq. (reißt die Thuͤre auf, hartig herein. Monſieur, vous m'avez fait dire par votre Domeſtique, que vous ſouhaitiez me parler, me voilà à vos ordres! excuſez, que j'entre ſans façon; un françois hait tout gêne & je vous prie d'en agir de même. (ſetzt ſich.)

Baron. Ich habe alſo die Ehre mit dem Herrn Marquis von Falaiſe zu ſprechen? (ſetzt ſich auch)

Marq. Oui! c'eſt moi! Marquis de Falaiſe, Chambellan du Roi & Maitre d'un Million! on pere etoit un des premiers de l'Etat, &

mon

mon grand Pere etoit Premier Miniſtre d'Etat; par la vous vojez que vous n'avez pas à faire à un homme du commun.

Baron. Ich zweifle im geringſten nicht an der Hoheit ihrer Geburt, mein Herr Marquis, und geſtehe offenherzig, daß ich ihnen keine ſolche entgegen ſetzen kann; denn wenn ich ihnen auch ſagen wollte, daß mein Vater und Großvater rechte, brave, ehrliche Männer waren, daß meine Mutter ihren Mann zärtlich liebte, ihre Kinder gut zu erziehen ſuchte, ſo würde ich ihnen etwas ſehr alltägliches ſagen.

Marq. Ne parlez vous pas françois, Monſieur?

Baron. Nein! Sie verſtehen ja deutſch?

Marq. Verſten — mais — ick ſpreck übel ihr Sprack —

Baron. So gehts mir mit der ihrigen; ich weiß nicht genug davon, um einen Discurs führen zu können.

Marq. J'en ſuis mortifié! je cloche dans l'Allemand! mais un françois ſait faire face à tous. Ik geh verſucken, auf deujſch zu ſprekken. Ik bin ſehr charmé zu habben die Kelegkeit ſie Monſieur le Baron zu ſprekken. Mais je perds tout mon ſavoîr vivre, en parlant allemand.

Baron. Sprechen ſie nur fort! Ich höre, daß ſie zulänglich deutſch reden können, und von ihrem Savoir vivre bin ich ſchon überzeugt.

Marq. Mais parbleu! ſu haben eine Tockter ſo ſöne und nick ſu ſprekken françois! c'eſt un Contredit!

Baron. Kann nicht helfen, Herr Marquis, es iſt nun einmal ſo! ich bin noch einer von den alten

Deutschen, die sich keine Schande draus machen, die Sprache zu reden, die unsre Voráltern geredt haben. Ich lasse jeder Sprache ihren Werth, so auch der französischen; aber ich halte es für eine ausgemachte Thorheit, für ein unverzeihliges Verbrechen, wenn ein Deutscher sich eine Schande daraus macht, deutsch zu reden, wenn er eine Ehre darinnen sucht, in Deutschland schlecht französisch zu sprechen.

Marq. Mais is dok einmahl la Mode, und der Mode muß jeder mitmakken.

Baron. Mach die Mode mit, wer da will, ich bleibe meinen Grundsätzen getreu und rede in Deutschland deutsch; komme ich einmal nach Frankreich, so werde ich mich bemühen, französisch zu reden.

Marq. Die deutsch Sprak is garstik Sprak, is Sprak vor die Pöbel, der Canaille.

Baron. Schlimm wenn sie recht hätten, Herr Marquis! — Freylich giebt es viele Deutsche die sich ihrer Muttersprache schämen, weil auch der Hausknecht deutsch spricht. Anstatt sich durch gute Sitten, durch wahren Adel und Größe vom Pöbel auszuzeichnen, glaubt man sich gnug durch die Sprache zu unterscheiden, und spricht oft auf französisch eben so pöbelhaft wie der deutsche Hausknecht. Ein Haufen anderer, der so gerne nachäfft, folgt diesem Beyspiele, und so werden wir bald mitten in Deutschland lauter Fremdlinge seyn. Doch ich habe unrecht, daß ich mit ihnen davon spreche. — Wie gefällt es ihnen bey uns in Deutschland?

Marq. C'est un Païs de Topinamboux! Complimens roides! Discours fades! sans esprit! sans Vie!

Baron. Herr Marquis! sie sind zu freymüthig, bedenken sie doch, daß ich auch ein Deutscher bin!

Marq. Es is nik rekel ohn exception! C'est vous, Monsieur, qui faites cette Exception, car vous avez une fille, qui vaut la meilleure de nos Françoises.

Baron. O recht gut, Herr Marquis, daß wir eben auf meine Tochter zu reden kommen; diese ist eben die Ursache, weswegen ich sie zu mir habe bitten lassen.

Marq. Ah! tres humble Serviteur, Monsieur! Und ik deswekken erkom pour zu retten auk wecken sie mit Monsieur le Baron. Eure Tokter is ein Mädken, wie ik nik abb kesehn seit von meinem Leb; une tres belle fille! une tres charmante fille! Ik nik kan explicir in die Sprak deuts, wie ik winis! Dock su was Umstand so viel! Vous me comprenez ik kan spreck also françois. Je vous le confesse rondement, que pour l'amour d'elle je me ferois enchainer dans le Joug du Mariage! Jugez par là de la force de mon Attachement pour elle, lui voulant sacrifiér ma Liberté, le plus precieux Bijou, qu'un françois possede. Elle merite, qu'on l'adore. Que la foudre m'ecrasse & je me donne au Diable, si même en France elle ne prevaudra à toutes les Belles de Cercles. Happen Sie mik verstand!

Baron. Kein Wort von dem, was sie mir gesagt.

Marq. Oh mon Dieu! das kan nik seyn! Sie muß ab mik verstand! Ik lieb ihre Tokter! ich will eurath, sie verstehn mik apresent?

Baron. Vollkommen! Allein zu dieser Heurath wird auch meine Einwilligung erfodert.

Marq. Votre consentement? O mon Dieu! Si vous me connoissiez à fond, vous ne rechercheriez jamais un Gendre plus accompli.

Baron. Das glaub ich schwerlich! und damit ichs nur kurz mache; sie bekommen meine Tochter nicht!

Marq. Nik? Warum will sie nik geb ihre Tockter dem Marquis de Falaise? Warum nik?

Baron. Weil ich meine wichtigen Ursachen habe.

Marq. Je suis curieux de savoir ce que vous auriez à redire à un homme comme moi?

Baron. Alles, mein lieber Herr Marquis, alles! Sie nennen uns Deutsche plump, roh, steif, ohne Leben, ohne Geist; und Sie sind mir zu fein, zu geschmeidig, sie haben zu viel Leben, zu viel Geist, als daß ich Ihnen meine Tochter anvertrauen sollte. Heute gefällt sie Ihnen, sie sind entzückt über ihre Reize, und Morgen, ich kenn euch Herren, glühen sie wieder für eine andere! Und sehen sie, Herr Marquis, bey uns Deutschen ist die Mode, daß ein Ehemann seiner Frau **beständig** treu ist, sie **beständig** liebt; die Mode nimmt zwar bey uns auch ab, meine Landsleute haben leider! statt des Guten nur das Schlechte fremder Sitten angenommen, aber es giebt noch hin und wieder alte Deutsche, die diese Mode streng beobachten, und sie auch auf ihre Kinder fortzupflanzen suchen. — Kurz und gut, ihre Sitten, ihr Wesen gefällt mir nicht.

Marq. Tout cela peut bien deplaire à un Viellard caduc comme vous, mais pour une jeune personne comme votre fille, vous n'avez

qu'à

qu'à lui demander & elle vous en dira des nouvelles.

Baron. Ich verfichere fie, Herr Marquis, daß fie ihnen das nämliche fagen wird, was ich ihnen bereits gefagt habe. Trauen fie ihr einen beffern einen deutfchen Gefchmack zu. Sie hat mich verfichert, daß fie gegen alle rechtfchaffene Franzofen fehr viele Ehrfurcht hat, daß fie ihre Sitten und Sprache liebt, daß fie aber gegen einen fo jungen Stutzer, gegen einen fo übertriebnen Windbeutel, den man felbft auch in Frankreich verlacht, nicht die geringfte Neigung hat. Verdrüßt ihnen das, was ich gefagt habe, fo bin ich Mann, mein Wort zu behaupten; aber daß es fo ift, bleibt und ift die reinfte Wahrheit; meine Tochter wird's bekräftigen.

Marq. Je n'en doute pas! la verge à la main, un enfant vous begaïera l'A. B. C. qu'on lui dicte; mais dans un tête à tête, que je vous demande avec elle, vous verrez, fi je fuis l'homme à faire des Miracles. Sojez affuré, qu'il n'y a pas encore eû de Belle, qui ait refifté à mes attraits. Je vins, je vis, je vainquis comme un autre Cefar, au premier coup d'Oeil.

Baron. Bey meiner Tochter werden fie allen ihren Ruhm verlieren, Herr Cefar! und um Ihnen Ihre Ehre nicht zu rauben, fo bitte ich und meine Tochter Sie recht fchön, uns beyde mit ihren Befuchen zu verfchonen. Ueber ihr geftriges Gefchwätz hat meine Tochter gelacht; Sie haben fich aber heute Morgen unterftanden einen Brief an fie zu fchreiben, den ich aufgefangen und fie darüber zur Rede gefetzt habe. Sie hat mir aber aufrichtig geftanden, daß fie an keine Liebe mit Ihnen gedacht, und ihren

Brief

Brief nie angenommen hätte, sie hat mich sogar gebeten, Ihnen das Billet mit dem ausdrücklichen Zusatze zurück zu geben, daß nicht Sie, sondern ich das Billet erbrochen. Hier haben Sie es zurück, heben sie ihre Belagerung auf, denn die Festung ist unüberwindlich.

Marq. Jk sehn bien, daß die Furk redt mit ihr, weil der Ere Papa fornick war. Mais glaup sie mir, elle se consume d'amour pour moi! Aïez donc pitié de votre fille & accordez nous votre consentement.

Baron. Ersparen sie alles weitere Bitten und Drohen, es fruchtet beydes nichts.

Marq. Eh bien, je deloge d'ici en trois jours, & en attendant je vous fais ina condolence sur la mort de votre fille, qui ne saura vivre après mon Depart.

Baron. Beleidigen sie mich nicht länger, sonst muß ich sie bitten, ungeachtet ich dies nur Unwürdigen thue, mein Haus zu verlassen.

Marq. Je me recommande & je vous prie pour la derniere fois d'y reflechir.

Baron. Sie haben meine Meinung gehört; ich habe Geschäfte und hoffe in dieser Absicht keinen Besuch mehr von Ihnen zu erhalten.

Marq. Pour sûr, je ne reviendrai, que quand on me fera chercher, pour guerir Mademoiselle vôtre fille. Votre tres humble Serviteur.

(ab)

Achter

Achter Auftritt.

Der Baron hernach Philip.

O Windbeutel aller Windbeutel! Solte man denken daß es in einem Lande, wo doch Künste und Wissenschaften blühen, solche Leute gäbe! doch was murr' ich — giebts nicht auch bey uns Nachahmer dieser Originale, giebts nicht solche Originale selbst? und ists nicht wahrscheinlich, daß dieser Narr, in seinem Vaterlande verachtet, eben deswegen auf Reisen gegangen ist, um andere Nationen mit seinen Harlekinaden zu plagen!

Philipp. Lord Greenwich verlangt Ewr. Gnaden zu sprechen.

Baron. Wird mir eine Ehre seyn! Jetzt werde ich sehen, was sich für meine Henriette thun läßt!

Neunter Auftritt.

Baron, Lord Greenwich.

Lord. (er spricht die deutsche Sprache vollkommen, nur hie und da, vorzüglich in sich hört man den englischen Akzent) Ihr Diener, mein Herr, Ihr Diener! Sie haben mir die Ehre erwiesen, mich zu sich einzuladen; Ich bin hier, zu hören, was der Vater der schönen Henriette befiehlt?

Baron. Sie lieben meine Tochter?

Lord. Von ganzem Herzen, Herr Baron, von ganzem Herzen. Bin ein Britte und hasse alle Lügen! Ihre Tochter ist schön; sehr schön! schöner als alle Brittische Mädchen! Bin viel, bin weit gereist, zu Fuß und in der Karosse, hab manches Mädchen gesehen, manches schön gefunden, aber hier (zeigt aufs Herz) ist's immer leer geblieben. Nun aber ist's hier voll, daß mich's quält und drückt! Ihre Henriette ist ein Schatz, gegen die ich alle meine Guineen aufwiegen wollte.

Baron. Ich danke für das Kompliment, das sie meiner Tochter machen. Allein ich habe ihre Liebe zu ihr auf eine Art erfahren, die mir, Sie verzeihen meiner Offenherzigkeit, — sie ein wenig verdächtig macht.

Lord. Wie so? wie so! Verdächtig mach' ich mich nicht gerne! geh immer frey und offen die gerade Straße!

Baron. Dasmal haben Sie sie doch verfehlt und haben einen Seitenweg eingeschlagen.

Lord. Kann nicht seyn, Herr Baron. Ehre Ihrem Worte, aber kann nicht seyn!

Baron. Sie lieben meine Tochter?

Lord. Hand und Schwur! Herr Baron, ich liebe sie und würde ohne ihren Besitz recht unglücklich seyn.

Baron. Und haben doch mit der Tochter Unterhandlung gepflogen, ohne dem Vater, der sein Votum auch dabey hat, ein Wörtchen davon zu sagen.

Lord. Bin dem Vater der schönen Henriette alle Ehrfurcht schuldig, aber verzeihen sie, bis jetzt hatte meine Liebe ihr Votum noch nicht nöthig!

Baron. Sie irren! Ein Kind darf ohne den Willen des Vaters nichts thun, darf ohne seine Einwilligung keinen lieben. Zum wenigsten ist's so in Deutschland Mode!

Lord. Verzeihung, Herr Baron! Verzeihung, bin erst ein Jahr in Deutschland, und kenne ihre Mode nicht; habe mich in diesem Falle, nach meiner vaterländischen gerichtet.

Baron. Und sollte diese nicht auch mit der unsrigen übereinkommen?

Lord. Nein, Herr Baron, Nein! In Engelland sagt der vernünftige Vater zu seinem Sohne: Geh, such dir ein Mädchen nach deinem Herzen zur Frau, und wenn du sie findest und mit ihr einig bist, so komm um deine Ausstattung. Der Sohn geht, sucht, und wenn er findet, so spricht er mit dem Mädchen. Sagt das Mädchen Ja, so geht er noch nicht zu dem Vater, sondern wartet drey, vier Monate, ob das Mädchen auch von Dauer ist; findet er dies, so geht er mit dem Mädchen zu seinem und ihrem Vater, heurathet und lebt glücklich. Ist das hier nicht eben so Mode, so habe ich gefehlt, aber unwissend; und unwissende Fehler muß Jeder rechtschaffene Mann verzeihen können.

Baron. Sie lieben also meine Tochter aufrichtig? Wollen Sie heurathen?

Lord. Keine Beleidigung, Herr Baron, hab's nicht gern, bin immer gewohnt sie zu erwiedern! — Wollen? wollen Sie heurathen? Eine Frage die mich beleidigen muß! Allerdings will ich! — ich kenne nur Eine Liebe — nur die Liebe, die heurathet; die andere ist nicht Liebe, ist Wollust, und Wollust verabscheue ich.

Baron. Sie entzücken mich! aber die Frage war nothwendig; denn zu unsern Zeiten —

Lord.

Lord. Weiß was sie sagen wollen; kenne die deutsche, französische und auch englische Mode die einem erlaubt, um ein Mädchen zu buhlen, und es doch nicht zu heurathen; weiß, daß man kann lieben das Weib, das Mädchen eines andern, die man doch nicht heurathen kann und darf. Aber ich bin nicht so, denke nicht so! gefällt mir das Kleid eines andern, so nehm ich's ihm nicht, sondern laß mir machen ein nämliches, und habe meinen Gusto befriedigt. Gefällt mir das Weib eines andern, so buhl ich nicht darum, sondern gehe, suche mir eine gleiche und bin glücklich, wie mein Freund! wär ich Monarch, so wäre mein erstes Gesetz: der dem Manne sein Weib stiehlt, muß henken, so gut wie der, welcher ihm seine Schatulle raubt, die ihm oft nicht so lieb wie sein Weib ist.

Baron. Rechtschafner Mann, mit Ihnen muß meine Tochter glücklich seyn. Sie sollen sie haben, ohne daß ich weiter nach Ihren Umständen und Karakter frage.

Lord. Nein, Baron, fragen Sie, fragen Sie, ich bin bereit zu antworten, das ist recht, das ist billig, daß der Vater fragt. Jeder kann schöne Worte im Munde und Falschheit im Herzen haben. Den ehrlichen Mann beleidigts nicht, wenn er beweisen muß, daß er ein ehrlicher Mann ist, nur der Heuchler findet sich beleidigt. Fragen Sie nur, Vater der schönen Henriette, ich will antworten.

Baron. Erstlich mein Herr Lord, muß ich Ihnen aufrichtig bekennen, das ich nie willens gewesen bin, meine Tochter einem Ausländer zu geben.

Lord. Das ist falsch! das ist nicht recht! warum nicht?

Baron.

Baron. Weil ich's für billig und recht halte, daß der Baum in dem Boden, wo er Nahrung erhielt, und groß wuchs, auch Früchte tragen soll.

Lord. Läßt sich hören, aber nicht beweisen! man muß menschenfreundlich, gesellschaftlich seyn. Haben Sie einen Sohn, schicken Sie ihn nach Engelland, und lassen Sie ihn dort ein Mädchen suchen und niemand wird ihn hindern, sie mit sich nach Deutschland zu nehmen; jeder wird sich freuen, engeländische Frucht auf deutschem Boden blühen zu sehen. Wollen Sie aber bey diesem Vorsatz bleiben, so trennt uns dieß auch nicht; mein Vaterland ist mir lieb, aber Henriette ist mir noch lieber. Wollen Sie's und ich bleibe bey Ihnen.

Baron. Haben sie noch einen Vater?

Lord. Ja, einen lieben, einen würdigen Vater, so gut so brav, wie Sie sind, Herr Baron.

Baron. Und wird dieser Vater einwilligen, daß Sie hier bleiben können?

Lord. Ich bin sein Sohn, aber nicht sein Sklav! Er ist mein Vater aber nicht mein Tyrann! Er will, daß ich frey, daß ich unabhängig lebe, er hat mich deswegen auf Reisen geschickt. Ihm ist's gleich, ob ich eine Deutsche, eine Französin, oder eine Spanierin heurathe! Er will mein Glück und wenn ich es bey einer Wilden in Amerika, oder bei einer Mohrin in Afrika finde, so hab' ich seine Einwilligung, seinen Seegen. Kann ich bey ihm leben, so ist's ihm lieb; kann's nicht seyn, so kömmt er zu mir, und ich besuch' ihn wieder, und so bleiben wir immer gute Freunde.

Baron. Alles recht! aber eben darum weil dieser Vater so gut ist: so ist's um so mehr ihre Schuldigkeit, ihrem Vater von ihrem Vorhaben Nachricht zu geben.

Lord. Hab's schon gethan! hier! sehen sie! (zieht einen Brief heraus) Können sie englisch lesen?

Baron. Nein!

Lord. So nehmen Sie und lassen Sie diesen Brief verdeutschen. Sie werden finden, daß ich seine völlige Einwilligung habe.

Baron. Ich glaube Ihnen, und —

Lord. Nein! Sie müssen sich überzeugen und mir nicht glauben, bis ich ihren Glauben durch Wahrheit verdient habe. Daß dieß die Hand meines Vaters ist, dafür wird Ihnen unser Gesandte in der Residenz, Bürge leisten. Von ihm könnten Sie auch die Summen meines Vermögens erfahren, allein davon kann ich Sie selbst überzeugen. (zieht eine Schreibtafel heraus) Hier sind funfzig tausend Pfund! Heben Sie solche auf, sie gehören Ihrer schönen Henriette. Wenn ich sterbe, so sind dieß Ihre Renten, Zeit meines Lebens geniessen sie aber die Interessen davon.

Baron. Wie könnte ich das annehmen?

Lord. Machen Sie keine Umstände! der Vater muß für seine angewandte Sorge und Mühe bey Erziehung seiner Tochter, Nutzen finden! Er muß nicht umsonst gearbeitet haben, und der Freyer um diese Tochter muß nicht undankbar seyn, wenn er dankbar seyn kann. Aeußerst glücklich für mich; wenn Sie mich für einen Klumpen Gold, mit dem unschätzbaren Schatz eines tugendhaften Mädchens beglücken. Nun Vater, haben Sie noch mehr zu fragen?

Baron.

Baron. Nichts, gar nichts! die Reihe ist nunmehr an Ihnen. Viel kann ich meiner Tochter nicht mit geben.

Lord. Baronet! Sie beleidigen mich unausstehlich! Ich will Ihre Tochter, nicht ihr Vermögen. Reden Sie mir nichts vom Geld, von Ausstattung! Sie haben Ihre Tochter tugendhaft erzogen, Sie haben sie gebildet, in allem, was ein Frauenzimmer vollkommen macht, und haben ihr mehr gegeben als zehn Millionen. Ich heurathe! brauche eine Frau, und kein Geld! Ich will nicht, daß der Vater, der Sorge und Mühe mit ihr hatte, sie groß zu ziehen, auch sich noch seines Vermögens beraube. Ich will Ihre Einwilligung; sonst will ich nichts.

Baron Die haben sie von ganzem Herzen, aber —

Lord. Dank, mein Vater, Dank, Sie sollen sehen, daß ich Ihrer Güte nicht unwürdig bin! Und nun lassen Sie mir meine Grille! Henriette darf aus ihrem väterlichen Hause nichts mit nehmen. Das Kleid, daß sie an hat, muß sie ausziehen; ich will sie kleiden, ich will sie ausstatten, ihr Geld geben, so viel sie will, nicht zum Verschwenden, sondern um wohlzuthun den Dürftigen, und das wird meine Henriette thun, das wird sie willig thun, denn ich habe die Güte ihres Herzens probirt, und habe sie bewährt gefunden. Ich habe einen alten Bedienten von mir, als Bettler angezogen, habe ihn heissen warten an der Thüre der Kirche, in welcher meine Henriette, immer alle Morgen so eifrig betet, und er mußte sie im Namen einer kranken Frau und drey unmündigen Kindern um ein Allmosen anflehen; das gutherzige Mädchen gab ihm einen Gulden und ließ eine Thräne drauf fallen. Von der Stund' an ward sie mir theurer als alle Mädchen. Ich gab dem Kerl ein ganze Hand voll Gold für diesen Gulden, ließ mir ihn in Brillianten fassen, und trag ihn itzt als das Portrait ihres vortreflichen Herzens auf meiner Brust. Aber itzt verzeihen Sie meiner Ungeduld, ich muß das liebe Mädchen sehen, muß ihr danken, daß sie mich Zeit meiner Krankheit einmal besucht hat.

Baron. Sie waren krank?

Lord. Gefährlich seit einem Monate krank! sehr nahe dem Tode, und nur Henriettens Liebe hat mich gesund gemacht; doch ich muß zu ihr, muß ihr sagen, daß sie mein, mit Einwilligung ihres Vaters mein ist, und das wird sie freuen, denn sie liebt mich herzlich. Kommen Sie, wir gehen zu ihr.

Baron. Mit größten Freuden; und einer der seligsten Augenblicke meines Lebens wird es seyn, wenn ich die Hand meiner Tochter in die Ihrige legen, und Sie bester Lord! als meinen Sohn umarmen kann.

(gehen beyde ab.)

Ende des zweyten Aufzugs.

Dritter Aufzug.
Ein Wald.
Erster Auftritt.

Fritz. (allein.)

Hier! hier will ich das wiedrige Schicksal enden, denn ohne sie ist kein Leben für mich! ohne sie ist der Tod meine einzige Zuflucht! (zieht ein Pistol heraus) Erfährt sie meinen Tod, so bin ich ihres Nachkommens gewiß, und findet man meinen Leichnam nicht, so wird der Gram um ihren Fritz, sie mir auch nachbringen; und ohne sie hat die Welt nichts für mich, was mich halten, was mich fesseln könnte. Also leb wohl! leb wohl! Die Last ist zu groß, kann sie nicht ertragen, muß mich martern, quälen, und endlich ist der Tod doch mein Ziel; ob ich ihm nun geschwind entgegen laufe, oder langsam darnach krieche, ist doch eins. Aber ohne sie! ohne sie hinüber, und dann den quälenden, vielleicht einzigen Gedanken, daß sie mich in den Armen eines andern vergessen könne? — O weh! weh! über den entsetzlichen Zustand, in dem ich mich itzt befinde! Ich vermags nicht länger zu ertragen.
(wirft sich zur Erde.)

Zweyter Auftritt.

General und Fritz.

General. Tausend sapperment, was sollt' er in dem Gesträuche suchen? Der Bauer muß ein Wild für ihn angesehen haben! Verdammt! man kann ja nicht einmal durch! (kömmt heraus, sieht Fritzen) Je hohl mich, straf mich, ist doch wahr! Fritz! Himmel, Hölle! Fritz! was machst du da? Kreuzbataillion, Bube! was soll's geben?

Fritz. (richtet sich auf) Ha! mein Vater! Grausamer, harter Vater, sehen sie ihr Werk! Vollenden sie! vollenden sie! rauben sie mir mein Leben, da sie mir Julien geraubt haben.

General. Steh auf!

Fritz. Nein! nicht von hier! Nicht von hier!

General. Bube! ich sage dir's im guten, steh auf und komme mit!

Fritz. Ja! ja! ich komme! (sucht sein Pistol hervor) Julie! Julie!

General. Fritz! Fritz! Aber du tausend Element! was soll das Pistol? Was hast du vor? Rede! was soll das Pistol?

Fritz. Luft soll's machen! Hier oder hier!
(deutet auf Kopf und Herz.)

General. Je du Erzbösewicht! je du Tollkopf held! den Augenblick gieb's her! Wart, ich will dir Luft machen!

Fritz. Nein! nein! Julien oder den Tod.
(hält das Pistol an Kopf)

General. Du trotzen? du mir trotzen? Fritze! Fritze!

Fritz.

Fritz. Bester, einziger, liebster Vater! ohne Julien kann ich nicht leben! ohne sie nicht! haben sie Mitleiden.

General. Steh auf, und gieb mir das Pistol.

Fritz. Da! (reißt seine Brust auf.) Und hier meine Brust, wenn sie mir Julien nicht geben wollen.

General. Gut! recht gut! — Bist zwar mein einziger Sohn, aber schadt nichts, Julie soll und wird mir dich schon ersetzen; will mir die Buben besser nach meinem Kopfe ziehen, als ich dich erzogen habe; und itzt ohne weitere Umstände, tritt mir Julien ab.

Fritz. Nein! mein Vater, nein!

General. Also! Her die Brust!

Fritz. Hier! mit tausend Freuden, hier!

General. (setzt ihm das Pistol an) Tritt mir Julien ab!

Fritz. (zieht das Pistol an sich) Hier durchs Herz, das nur allein für sie schlägt.

General. (wirft das Pistol weg) Gold Junge, bist wohl ein närrscher Ritter — Doch hast du Muth und Herz für ein Mädchen, das es gewiß verdient! Verdienst sie also auch, und damit ich's nur kurz hersage: du sollst's Mädchen haben. Ihre Thränen, die sie um dich weint, haben mich gerührt; die Anstalten zur Hochzeit sind einmal gemacht, ich will sie also nicht vergebens gemacht haben. Julie ist deine Braut, und itzt keine Umstände, komm zum Mädchen, das deiner wartet.

Fritz. Mein Vater!

General. Herr Sohn!

Fritz. Ist's, ist's — Wahrheit? oder ist's ein Traum?

General. Du! Hüte dich, daß ich dich nicht aus deinem Traum wecke. Ich glaubte, dich vor Freuden außer dir zu sehen, und du zweifelst noch, hältst wohl gar deinen Vater für einen Betrüger! Bereue gleich deine Narrheit, Fritz! und preise dein Glück.

Fritz. So ist's wahr? so soll ich Julien haben, soll — soll! o mein Vater! den wärmsten, den reinsten, den größten Dank! und mein Mädchen wartet, verlangt nach mir? O, so will ich denn auf den Flügeln der Liebe zu ihr eilen!

(springt eilig durch das Gebüsche fort.)

General. He, he! tausend Elementsbube! denk, daß dein Vater das Podagra hat —

(ihm nach.)

Dritter Auftritt.

Zimmer.

Charlotte und Julie.

Julie. (sitzt an einem Tisch traurig und seufzend.)

Charlotte. (zu ihr hinschleichend, singt.)
Nichts ist schlauer als die Liebe!
Sie macht selbst die Dummen schlau.
Ueberlaß dich deinem Triebe —
Der Graf Fritz wird doch dein Mann!

Es geht nicht! es geht nicht! wenn ich dir auch zum Zeitvertreib oder besser zu sagen, zum Trost etwas vorsingen wollte. Sey aufgeräumt, Julie, sey aufgeräumt!

was geschehen soll, geschieht doch ohne dein Jammern, ohne dein Sorgen.

Julie. Laß mich, liebe Schwester, laß mich!

Charlotte. Von Herzen gerne; liebstes Julchen, denn wem nicht zu rathen ist, dem ist auch nicht zu helfen.

Julie. Unfühlbare!

Charlotte. Nun da haben wir's! wenn man nicht euer Jammerlied mit anstimmt, so ist man unfühlbar, und Gott weiß, was alles. Ich bin fühlbarer wie ihr alle, habe ein Herz, zum Mitleid geschaffen, kann kein Würmchen leiden sehen, daß ihr doch oft im Taumel eurer Leidenschaft unter euern Füssen gefühllos zertretet. Daß ich aber gegen alles, was Mann ist, gleichgültig bin, und mit Gottes Hülfe gleichgültig bleiben werde, habe ich meinem bischen gesunden Verstande zu verdanken, der die Herrn Männer für das ansieht, was sie sind, oder wenigstens seyn wollen: Herren der Schöpfung; und eine Sklavin zu werden, hab' ich bis itzt noch nicht die geringste Neigung. Erwisch ich aber einmal ein Männchen, das mir gefällt, und dabey gefällig genug ist, sich meinem Befehle blindlings zu unterwerfen, so sollst du sehen, wie geschwind ich mich zum Herrn des Herrn machen werde. Aber zum Weinen! zum Klagen soll mich die Liebe nie zwingen!

Julie. O Gott! auch nicht einmal Jemanden zu finden, der Mitleid mit meinem Zustande hat.

(geht ab.)

Vierter Auftritt.

Charlotte, Marquis Falaise. (kömmt und kniet vor ihr nieder.

Charlotte. Was wollen Sie Herr Marquis? wo haben Sie denn die Mode gelernt, sich in die Wohnung eines Frauenzimmers unangemeldet einzudrängen?

Marq. Pour un seul moment de Grace, Mademoiselle, & je serai justifié.

Charlotte. Ich will nichts hören; will nur, daß Sie sich empfehlen!

Marq. Inhumaine! il n'y a donc rien qui vous touche?

Charlotte. O ja! mich rührt der ernstliche Befehl meines Vaters, den er mir ihrentwegen heute bey Tische gab, so sehr, daß ich sie bitten muß, mich so bald als möglich zu verlassen.

Marq. Parbleu, qu'a-t-il à redire à ma personne?

Charlotte. Alles, mein Herr Marquis, alles! Er will seine Tochter nicht einem solchen Sausewind, einem solchen Spring ins Feld zum Weibe geben. Er meint, daß ein Herr wie sie, kein Herr für mich wäre, und das schlimmste ist, daß ich der völligen Meinung meines Herrn Papa bin, und in alle Ewigkeit seyn und bleiben werde. Ich kann mir nichts lächerlichers vorstellen, als wenn ich sie mir als Mann, als meinen Mann denke. Sie wären ja der unglückseligste Mensch unter der Sonne, denn erstlich, Liebe könnten sie von mir gar nicht fordern.

Marq. Pourquoi pas, Mademoiselle?

ein Lustspiel.

Charlotte. Pourquoi? Weil ich nur gescheute Leute lieben kann, und das sind sie nun gerade gar nicht. Sie sind sehr übel berichtet, wenn sie glauben, daß ihr Trällern, Singen und Springen uns deutsche Mädchens rühren könne; wir lachen darüber, so wie wir öfters über einen Affen lachen, der als Affe betrachtet mit seinen poßierlichen Geberden, uns dann und wann die üble Laune vertreiben kann; aber wenn dieser Affe verlangt, daß wir ihn vor gescheut, seine Posituren vor schön halten sollen, so sind wir aufrichtig genug, ihm zu sagen: Affe, wie kann dirs einfallen, gescheut seyn zu wollen?

Marq. Pardonnez moi, ik nik abb verstand alles.

Charlotte. Ist mir herzlich leid! Aber daß ich Ihnen bitte, mich zu verlassen, das werden sie doch gütigst zu verstehen geruhen?

Marq. Vous étes la quintessence de la Cruauté! il ne vous suffit pas de me refuser, de me dire en termes clairs, que je vous suis insupportable, mais pour comble de maux, vous me le declarez dans une langue que j'abhorre. Au moins parlez moi françois.

Charlotte. Ernstlich mein Herr! verlassen Sie mich, oder muß ich Ihnen auf französisch erst sagen, daß Sie mir überlästig sind?

Marq. Vous prononcez l'arrêt de ma Mort, & je suis incapable à remplir vos ordres.

Charlotte. Wenn sie nicht gehen, so werde ich gehen. Ich empfehle mich Ihnen.

Marq. (hält sie zurück) Alors il ne me reste que la Mort, qui ne sauroit me manquer.—

Charlotte. Badinage! Ich habe in meinem Leben noch keinen solchen Werther gesehen. Einem ehrlichen Deutschen, einem melancholischen Engelländer, wäre in dergleichen Fällen freylich nicht zu trauen; aber eine Geschöpf, wie sie mein Herr! das trällert sich ein Liedchen, macht eine Kapriole, und geht zu einer andern, und wenn's ihm da auch nicht glückt, zur dritten, zur vierten, zur fünften, bis er eine findet, die so einfältig ist, seine Tollheiten für baare Münze anzunehmen.

Marq. Je vous convaincrai du Contraire.

Charlotte. Ich wär's begierig zu sehen!

Marq. (zieht seinen Degen.) Le voilà!

Charlotte. Recht wohl!

Marq. N'avez vous point pitié?

Charlotte. Nur zu! nur zu!

Baron. (vor der Thüre) O eine Kleinigkeit! In meiner Bildergallerie werden sie bessere sehen!

Charlotte. Um Gottes willen, mein Vater kömmt! und wer weiß, wer noch alles mit ihm! und ich mit einer Mannsperson, mit ihnen Herr Marquis allein? der Verdacht wird aller meiner Unschuld ungeachtet, auf mich fallen. Ich wollte, daß —

Marq. (läßt den Degen fallen) Mais dites moi pour l'amour du ciel que faire? je crains les Groſſieretés allemandes, qui degenerent ordinairement en des Voleés de coup de Baton.

Charlotte. Man kommt, verstecken sie sich doch!

Marq. Wo? wo? Mademoiselle?

Charlotte. Da! da! nur geschwind unters Kanape!

Marq. Par amour pour vous je paſſerois dans l'enfer!   (er versteckt sich)

Fünfter Auftritt.

Vorige, Lord, Baron, und Henriette.

Lord. Wie gesagt, meine schöne Henriette, nach Engelland müssen sie doch einmal mit mir reisen; da sollen sie meine Samlung sehen, bin ein großer Liebhaber von schönen Gemählden, hab' die auserlesenste Gesichter gesammelt, aber freylich wird meine Henriette sie alle beschämen, und das wird mich freuen.

Henriette. Sie wollen aufrichtig scheinen, und sind's so wenig, mein lieber Lord!

Lord. Bin aufrichtig und werd's ewig bleiben, müßte lügen, wenn ich nicht sagte: Henriette ist in meinen Augen, die schönste, schöner als die Griechische Venus.

Marq. Le Lord! Le Lord! Ciel misericordieux! rendez moi Invisible!

Lord. Nun, meine kleine Charlotte! wir sind hier uns von Ihnen unterhalten zu lassen.

Charlotte. Mein ganzer Humor ist hin!

Baron. Wie so? bist du etwan —
(stößt an des Marquis Degen, hebt ihn auf, besieht ihn)

Marq. Je donnerois cent Louis, si je pouvois m'esquiver d'ici.

Baron. Was ist denn das für ein Degen? Charlotte!

Charlotte. Ich — ich weiß nicht — (für sich) So gehts! so gehts, wenn man sich mit Narren einläßt.

Baron. Du hast dich doch nicht erstechen wollen?

Lord.

Lord. (betrachtet ihn) Englische Arbeit! wenn ich ihn nicht hier fände, so würde ich sagen, er sey mein.

Baron. Nun, so vertheidige dich! Charlotte, wo kömmt denn der Degen her?

Marq. Gâre, gâre! voilà le moment decisif! pauvre de Falaise!

Charlotte. Ich bin unschuldig, Gnädiger Papa! aber sie werden's nicht glauben, sie werden.—

Lord. Mein Fräulein; Sie verbinden mich unendlich, wenn Sie mir wegen diesem Degen Auskunft geben! Er ist mein, hier sehen sie mein Wappen, er ist mir auf eine Art verlohren gegangen —

Marq. Mon Dieu! delivrez moi des mains de mes Ennemis!

Baron. Charlotte, rede!

Charlotte. Der Marquis Falaise war hier!

Baron. Nun!

Charlotte. Er quälte mich mit seiner Liebeserklärung, ich lachte dazu und lies ihn gehen! Er zog seinen Degen und wollte sich erstechen. Ich hörte ihre Stimme, dachte an ihr Verboth — aber ich sehe freylich, daß ich übel ärger gemacht; kurzum: ich wollte auch nicht einmal schuldig scheinen, und befahl dem Herrn Marquis sich zu verstecken.

Baron. So? Charlotte!

Charlotte. Gehen Sie nur hervor, Herr Marquis!

Marquis. (kriecht hervor) Me voilà à vos ordres! (sucht sich vor dem Lord zu verbergen und will ab) Excusez moi!

Lord.

Lord. Je beym Teufel! warten Sie einen Augenblick! (hält und sieht ihn an) Er iſt's! Herr Marquis, wir ſollen einander ſchon geſehen haben!

Marq. Monsieur! vous vous trompez; je n'ai jamais eu l'honneur de vous voit.

Lord. Böſewicht! ſollſt entlarvt werden! Herr Baron, er iſt nichts weniger, als ein Marquis! er war vorm Jahre noch mein Kammerdiener! wart und geſtehe! ich will dein Bekänntniß und ſonſt nichts!

Marq. Par Dieu, cela n'eſt pas! je suis le Marquis de Falaise!

Lord. Nichts würdiger! Gabſt du dich nicht, als ich dich in meine Dienſte nahm, für einen Niederelſaßer aus? ſprachſt du nicht auch Deutſch? Ich will mich nicht an dir rächen! will dein Unglück nicht! aber geſteh's, daß ich wahr rede!

Marq. Monsieur!

Lord. Gut! du willſt nicht meine Güte, ſo wollen wir Gewalt brauchen! Herr Baron, ich verlange Sicherheit auf dieſen Dieb. Er ſtahl mir meine Kleider und 5000 Pfund baares Geld.

Marq. (will fort)

Baron. Halt! Wohin?

Marq. Je ne vais qu'a chercher les Certificats de ma Race! je suis de retour dans un moment.

Baron. Nein! Nein! bleiben ſie nur da!

Lord. Haben ſie die Güte zu ſchicken um Wache!

Marq. A quoi bon vous causer des fraix & des Depenses? je vais tout confesser (ſpricht im Strasburger Tone) Der Herr Lord haben Recht, ich habe die Ehre gehabt dero Kammerdiener zu ſeyn. Ich bin zwar von ihm ohne ſein Vorwißen

wißen abgereist, allein von den Kleidern und 5000 Pfund weiß ich kein Wort.

Lord. Schicken sie doch um die Wache!

Marq. Nein! nein! Schicken sie nicht! ich weiß davon! ich habe alles genommen. Ihre Großmuth macht mich kühn, es zu bekennen; und recht betrachtet, so sind Eure Herrlichkeit an meiner That selbst mit Schuld. Ihr Zutrauen, mit dem sie mich beehrten, war mein Fall, ich sah mich täglich mit vielen Kostbarkeiten und Geld umgeben; erst verabscheuete ich den Gedanken, der in mir aufstieg, nach und nach ward ich damit bekannt, und endlich schien mir's kein Verbrechen mehr, wenn ich zugriffe und davon gienge. Ich bin in Ihrer Gewalt; machen Ewr. Herrlichkeit mit mir was Ihnen gut dünkt.

Lord. Dein Bekenntniß soll dich von der Strafe retten; ich verzeih dir; und daß der ganze Vorfall verschwiegen bleibt, dafür ist diese ganze Gesellschaft Bürge.

Charlotte. Ich sage gewiß keinem Menschen ein Wort davon.

Baron. Hast's auch nicht Ursache! Wart nur! wart!

Charlotte. Papa! ich bin unschuldig!

Baron. Schon recht! Aber Herr Marquis! hab mir's heute Morgen, weiß Gott gedacht, daß es mit Ihnen unmöglich recht richtig seyn könnte! Aber! aber das hätte ich doch von Ihnen nicht vermuthet! der Herr Lord ist zu gütig! zu gnädig! (zum Lord) Aber er wird Ihnen doch das Entwandte zurück geben?

Marq. Wollen Ewr. Herrlichkeit mich eines Augenblicks Gehör würdigen?

Lord.

Lord. Nur zu! nur zu!

Marq. Ich habe von dem ganzen Gelde nur noch 300 Pfund übrig! die Kleider aber hab' ich noch alle, und diese —

Baron. Ey! du Erzspitzbube, du! In einem Jahre so viel Geld anzubringen! aber recht gut, daß noch 300 Pfund übrig sind, davor will ich dir eine honette Versorgung in userm Zuchthause verschaffen.

Marq. (zu des Lords Füßen) Euer Herrlichkeit!

Lord. Ich bin nicht gewohnt, Kleider die mein Kammerdiener trug, wieder zu gebrauchen, sie sind dir geschenkt. Die Geldsumme, die du mir entwandt hast, habe ich zwar auch schon vergessen; aber es schmerzet mich, daß du sie so übel angewandt hast. Diese Summe war für arme Nothleidende bestimmt, ich hätte damit viele Thränen trocknen, viele Arme glücklich machen können! Doch du bist außer Stande sie mir zurück zu zahlen, und damit dir dein Gewissen nicht einst Vorwürfe macht, so sey sie dir auch, doch mit dem Beding geschenkt, daß du von itzt an, den Namen eines ehrlichen Mannes zu erlangen suchst, daß du aufhörst einer Nation durch deinen angenommenen Karakter Schande zu machen, die dich so, wie wir verachtet.

Marq. Ich bin unfähig Ihnen zu danken. — Meine Thränen (weint)

Lord. Was wirst du nun anfangen?

Marq. Ich weiß nicht.

Henriette. Lieber Lord!

Lord. Was? meine schöne Henriette!

Henriette. Er bereut seinen Fehler; wie, wenn —

Lord. Ich ihn wieder zu mir nähme, wollen Sie sagen? das nicht, liebe Henriette, das nicht! Aber ihres vortreflichen Herzens wegen, das ich so verehre, und dessen Regungen ich stets befriedigen werde, will ich diesen Gefallenen durch ein jährliches Gehalt unterstützen, will ihm Mittel verschaffen, wieder ein ehrlicher Mann zu werden. Höre: mit 200 Pfund wirst du zwar nicht als Marquis, aber immer als ein ehrlicher Mann leben können, und die sollst du von mir jährlich erhalten. Du sollst dich in einer benachbarten Stadt niederlassen, mit deinem Gelde wirthschaften, dem Herrn Baron jährlich davon Rechenschaft geben, und so lange er dir das Zeugniß eines redlichen Mannes giebt, so lange wirst du auch deine Pension erhalten. Uebrigens giebt mir dein Geständniß eine Lehre: — ich will's noch heute in mein Tagebuch eintragen: traue nie zu viel deinen Domestiken, wenn sie auch noch so ehrlich sind; denn Gelegenheit macht Diebe.

Baron. Tochter! Tochter! du bekömmst einen Mann, wie's keinen giebt. Aber, Herr Schwiegersohn, wären, wenn Sie doch ja Bösewichter mit Wohlthaten strafen wollen, nicht 100 Pfund schon genug für diesen Purschen?

Lord. Sie haben recht; nicht hundert, sondern funfzig sind genug, daß ein Mann davon leben kann; aber ich will nicht, daß er sagen solle: ich lebe von der Güte der Gemahlin des Lord Greenwich, und muß karg leben.

Henriette. Lieber Lord! Ihre Handlungen sind groß, sind erhaben, und ich fürchte, ich werde sie

nicht

nicht lieben, werde sie wie meinen Abgott verehren müssen!.

Baron. (zum Marquis) Nun! was sieht er denn so da? ich glaubte, er sollte sich bedanken!

Marq. Ich bin's nicht im Stande! Ewr. Herrlichkeit, ich muß ausweinen, muß mich fassen, und wenn Sie mir's erlauben, so werde ich morgen zu Ihnen kommen, werde ihnen mit dem wärmsten Herzen für Ihre unbeschreibliche Großmuth danken, und Sie demüthig bitten, daß ich bald aus einer Stadt reisen darf, wo ich alle so sehr beleidigt habe? Herr Baron, gnädiges Fräulein, ich weiß, ich verdiene ihre Vergebung nicht, aber wenn Sie das großmüthige Exempel von Ihrer Herrlichkeit zur Nachfolge reizt, so darf ich hoffen ——

Baron. S'ist schon recht! Geh er nur! geh er nur! und verdiene er die Großmuth des Lords durch Besserung!

Marq. (zu Charlotten) Gnädiges Fräulein!

Charlotte. Ich bitte um Vergebung; wenn sie morgen herkommen, so werd ich's ihnen sagen lassen, ob ich Ihnen die Angst, die sie mir verursacht, verzeihen kann. Mir ist alles noch wie ein Traum! will mir's auch heute noch in mein Tagebuch eintragen! „Traue keinem Stutzer, denn er ist nie das, „für was er sich ausgiebt." Uebrigens Herr Lord, muß ich Sie von ganzem Herzen bewundern; und wenn's in Engeland noch mehr solche Männer giebt, so reise ich morgen hin und hole mir einen Mann dort.

Lord. Zu gütig! zu gütig! werden aber auch hier in Deutschland einen braven Mann finden, da Sie selbst brav sind; denn gleich und gleich gesellt sich gern!

Charlotte. Nun wohl! So ernenne ich Sie zu meinem Kommißionär, und wenn Sie einen finden, der Ihnen gleicht, so stehe ich zu Befehl!

Sechster Auftritt.

Julie, Vorige.

Julie. (stürzt herein) O Papa! Papa!
Baron. Nun, was giebt's?
Julie. (sich fassend, heimlich) Der General kömmt mit meinem Fritz die Gasse herunter!
Charlotte. Was ist's! was giebt's?
Julie. Mein Fritz kommt!
Charlotte. Dacht' ich doch, was es wäre!
Julie. Ergebne Dienerinn, Herr Marquis!
Marq. (zum Lord) Darf ich mich entfernen?
Lord. Warum nicht?
Marq. Tausend Dank, Großmüthigster der Menschen! (will ab.)

Siebender Auftritt.

General, Fritz, Vorige.

Fritz.. (stürzt herein) O meine Theuerste! beste Julie!
Julie. O mein Fritz! (in seinen Armen)
General. (begegnet dem Marquis in der Thüre) Ah unterthäniger Diener Herr Marquis,

treff

treff ich ſie hier an? iſt mir von Herzen lieb; hab'
ihnen allerhand von der Fräulein von Tiller zu erzählen, ſie ſchmachtet nach Ihnen, ſeit dem Sie bey
ihr waren. Nun, wo wollen ſie hin? Bleiben ſie
doch; ſie haben ihr, wie ſie ſagt, das Heurathen
verſprochen, ſie wird Ihnen beym Conſiſtorio belan-
gen, wenn ſie nicht Wort halten.

Marq. Verzeihen Sie, ich muß fort.

(läuft ab.)

Baron. Kennſt du den Marquis auch?

General. Freylich kenn ich ihn; war mit auf
meinem Feſtin! Ah! ſchon beyſammen! (zu Julien) Nun, hab' ich nicht Wort gehalten? Gold-
tes Mädchen, hab' dir deinen Fritz gebracht! Wirſt
mich aber davor lieb haben?

Julie. Von ganzem Herzen!

General. Nun iſts ſchon recht! hätte dich lieber — aber, was vorbey iſt, iſt vorbey! und hohl
mich der Teufel, bin um und um betrachtet, zum
Heurathen ſchon zu alt! will zuſehen, wie ſich die
beyden lieb haben, und — nun wir ſind doch richtig Herr Bruder?

Baron. Ganz richtig!

General. Nun, und wann iſt denn das Ver-
löbniß?

Lord. Heute noch, will ich bitten, ſo feyere ich
das meinige auch mit.

General. (zum Baron) Wer iſt denn der
Herr?

Baron. Lord Greenwich, der Bräutigam meiner Henriette.

General. Glück zu! Glück zu! Aber der Teu-
ſel und ſeine Grosmutter! ſo heurathet denn alles, und

ich

ich soll allein leer ausgehen? Bruder weißt du denn niemand, der mich will? S'ist, hohl euch der Satan, nicht auszuhalten, wenn man ihnen so zusehen und nicht nachahmen soll! Hast ja noch eine Tochter?

Charlotte. Zu dero Diensten, Herr General.

General. Ein allerliebstes Kind! ein zweytes Julchen! Mein scharmanter Engel, wä'rs denn nicht möglich, daß wir so Hand in Hand, einen Spaziergang nach der Kirche machten?

Charlotte. Warum nicht?

General. Warum nicht! Je nun! je nun! das ist ja prächtig!

Charlotte. Aber wie alt ist denn der Herr General?

General. Wie alt? wie alt? Ach, hohl dich der — (zum Baron) die hat mich ausgezahlt; will auch nicht mehr ans Heurathen denken! aber jetzt gebt mir was zu essen, bin, hohl mich der Beelzebub, hungrig.

Baron. So kommen sie, kommen sie! wir haben nur auf sie gewartet.

General. So kommt, Kinder! kommt! aber Julchen, Fritz! ihr habt mir noch kein Wörtchen gesagt! und doch — —

Fritz und Julie (zu seinen Füßen) Dank, tausend Dank!

General. Ist schon recht! schon recht! Seyd glücklich, und macht, daß ich bald Großvater werde!

Julie.

Julie. (zu Fritz) Auch zu meinem Vater!
(knien vor den Baron nieder)

Lord. Auch uns! mein Vater! auch uns!

Baron. Gott segne euch meine Kinder! er gebe euch die frohesten Tage! und es lebt auf der Welt kein Vater, so glücklich durch seine Töchter, als Ich!

ENDE.